Ahmet Altan 1950 yılında doğdu. Orta ve lise öğrenimini çeşitli okullarda dolaşarak tamamladıktan sonra Orta Doğu Teknik Üniversitesi'ne devam etti, İstanbul Üniversitesi İktisat Fakültesi'ni bitirdi. Yirmi dört yaşında gazeteciliğe başladı. Gece muhabirliğinden genel yayın müdürlüğüne kadar gazeteciliğin hemen hemen bütün kademelerinde çalıştı. 1987 yılında köşe yazarı oldu, 1990'da genel yayın müdürüyken gazeteciliğe ara verdi. Çeşitli televizyon programları hazırladı. Birçok yazısından dolayı yargılandı ve 1995 yılında bir buçuk yıl hapse mahkûm edildi. İlk romanı *Dört Mevsim Sonbahar* 1982'de yayımlandı. 1985'te yayımlanan ikinci kitabı *Sudaki İz,* toplatıldı ve müstehcenlikten yargılanarak mahkeme kararıyla yakıldı. Üçüncü romanı *Yalnızlığın Özel Tarihi* 1991'de basıldı. Dördüncü romanı olan *Tehlikeli Masallar* 1996 Ekimi'nde yayımlandı ve rekor sayılacak baskı sayısına ulaştı. Deneme kitapları *Geceyarısı Şarkıları* 1995'te, *Karanlıkta Sabah Kuşları* 1997'de, *Kristal Denizaltı* 2001'de, *Ve Kırar Göğsüne Bastırırken* 2003'te yayımlandı. Ahmet Altan'ın 1998'de yayımlanan romanı *Kılıç Yarası Gibi,* 1999 yılı Yunus Nadi Roman Ödülü'nü kazandı. *İsyan Günlerinde Aşk* 2001'de yayımlandı ve 150.000 baskı sayısına ulaştı. *Aldatmak,* yazarın son romanıdır.

Ahmet Altan

İÇİMİZDE BİR YER

alkım

İçimizde Bir Yer / Ahmet Altan

ALKIM / 52 • Edebiyat - 21 • Anlatı - 2

Kitap Editörü: Kaan Özkan • Genel Yayın Yönetmeni: Korkut Tankuter
Yayın Koordinatörü: Ebru Akyüz • İç Tasarım: Hülya Aktaş

ISBN: 975-6363-51-7

Birinci Baskı: Mayıs 2004 (250.000 adet)

Baskı: Acar Matbaacılık, Yayıncılık Hizmetleri Ambalaj Sanayi ve Ticaret A.Ş.
Beysan Sanayi Sitesi Birlik Cad No 26 34310 Haramidere Avcılar - İstanbul

Alkım Yayınevi
Mühürdar Cad No 60 Kadıköy - İstanbul • Tel (0216) 449 10 60 (Pbx)
Faks (0216) 449 10 64 • e-mail: alkim@alkim.com.tr

İçindekiler

Bir Kadın, Bir Erkek... / 7
"Umurumda Değil..." / 12
Sus Artık Sesim... / 18
Yanlış Bir Gün... / 24
Hazzın Haritası... / 29
Eski Şehirde... / 35
Şehvet, Tutku, Kıskançlık... / 41
Bir Sabah Uyandığında... / 46
Eleni ve Küçük Gelin / 51
Bir Orman Gölü Gibi İnsan... / 54
Hayatın Yüzüne Bak... / 60
Tanrı, Kumandanlar ve Memeler / 65
Aşk İksiri... / 69
Çakıltaşları / 74
Huysuz Dâhi... / 79
Suyun Taşa Dönüştüğü An... / 85
Çöl Sevişmeleri / 90
Gizli Dil / 95
İçimizde Bir Yer... / 100
Sevdiğiniz Kaybolduğunda... / 105
Gel ve Al... / 110
Huzursuz Ruhlar... / 115
Affedememek / 120

Bir Sergiden Tablolar... / 125
İğde Kokuları / 130
Generalin Kızı... / 135
Tanrı Sürgünde... / 140
Kendini Doğurmak / 145
İlk Günah ve İlk Yalnızlık... / 149
Durdum ve Bekledim / 154

Bir Kadın, Bir Erkek...

Nice aşk yitirdim ben.

Kışkırtıcı bir bakışıyla çılgına döndüğüm, bir dudak büküşüyle ağulu acılar çektiğim, kahkahalarıyla şenlenip gözyaşlarıyla kederlendiğim, bir tanrıça katına çıkartıp tapındığım, kutsal mabetlerinin sunaklarına hayatımı bir adak gibi bırakmayı arzuladığım, memelerinde, kasıklarında, kalçalarında, bacaklarında, boyunlarında adanmış topraklarda dolaşan bir sofu gibi vecd içinde kendimden geçerek dolaştığım, ayaklarına kapandığım, göğüslerinde ağladığım, saçının bir teline halel gelmesin diye fütursuzca ölüme yürüyeceğimi hissettiğim, bazen öldürmeyi şiddetle istediğim, onda yok olup onla var olduğum, bana her defasında aşkı, acıyı, sevinci, hayatı ve ölümü yeniden öğreten kadınlar yitirdim ben.

Kızıl bir kor gibi örslerine bıraktığım ruhumu bazen sert darbelerle, bazen yumuşak dokunuşlarla şekillendiren, benden bir başka ben yaratan, onun her şeyi, babası, oğlu, kardeşi, kocası, sevgilisi olduğum, onu her şeyim yaptığım, varlığıyla her şeyin tadını, kokusunu, görüntüsünü değiştiren, sıradan birçok davranışı olağanüstü maceralara dönüştürüp olağanüstü maceraları olağanlaştıran kadınlar.

Yitirmenin ne olduğunu biliyorum.

Kendi hayatını hayatından çıkartmayı, kendi tanrıçanın mabedinden uzaklaşmayı, bir kadını öldürüp kendi cinayetinle ölmeyi biliyorum.

Niye öldürdüm onları?
Onlar beni niye öldürdüler?
Neden hayatlarımıza, içlerinde yaralı bir ölü taşıyan yabancılar olarak devam etmek zorunda kaldık?
Onları benden, beni onlardan alan neydi?
İki yabancıdan, hangisinin nerede bitip hangisinin nerede başladığı anlaşılamayan tek bir varlık yaratıp, tek bir varlığı parçalayıp ondan iki kederli yabancı çıkartan korkunç büyünün büyücüsü kimdi?
Tanrı bir anlığına yeryüzüne eğilip usulca üfleyerek hafızamızı silseydi ve biz yaşanmış her şeyi unutarak, iki yabancı gibi yeniden karşılaşsaydık ne olurdu?
Birbirimize aldırmadan geçer miydik?
Yaşadıklarımızı bir daha yaşamak için birbirimize doğru bir daha yürür müydük?
Tuhaf maceralar var hayatta.
Asla cevabını bulamayacağımızı sandığımız sorulara cevaplar bulmamıza yardım eden tuhaf maceralar.
Yüzüne karton bir maske takmış bir kadın gördüm geçenlerde.
Karşısında, aynı maskeden takmış bir adam oturuyordu.
Birbirlerinin yüzlerini görmüyorlardı ama birbirlerinin yüzlerini biliyorlardı.
Onların kim olduklarını bilmeyen bizdik.
Birbirlerini sevmişler, birbirlerine âşık olmuşlar, evlenmişlerdi.
Mutlu zamanlar geçirmişlerdi.
Sonra erkek uzun yolculuklara çıkmaya başlamış, kadın yalnızlığın, ateşsiz taş odalar gibi insanın içini üşüten soğukluğunu hissetmişti.
Aynı yalnızlık erkeği de esir almıştı.
Gerçek hayatın soğukluğundan ve yalnızlığından kur-

tulabilmek için "sanal" bir dünyanın meçhul kalabalığına bırakmışlardı kendilerini.

Harfleri yan yana dizerek, madeni pırıltılı bir ekranda kendilerine arkadaşlar aramaya başlamışlardı.

Kadın bir adam bulmuştu.

Erkek de bir kadın.

Erkek karısından, kadın kocasından uzaklaşırken ikisi de yeni buldukları "arkadaşlarına" yaklaşmaya koyulmuştu.

Yeni bulduklarına, çoktandır hayatlarından çıkmış hoşluklarını, zekâlarını, çekiciliklerini, azgın arzularını gösteriyorlar, gördükleri kadar gösterdiklerinden de etkileniyorlardı.

İkisinin hayatında da yeni bir aşk tomurcuklanmıştı.

Sonunda, erkek tanımadığı yeni aşkının yüzünü merak etmiş, kadından bir resmini göndermesini istemişti.

Ekranda, dekolte giysili şuh bir kadın yüzü belirmişti.

Beliren yüz, karısının yüzüydü.

Adam ayrılmaya karar vermişti.

Birbirlerini sevmişler, birbirlerinden uzaklaşmışlar, milyonlarca insanın içinde dolaştığı bir meçhule dalmışlar ve o milyonlarca insanın içinde yeniden birbirlerini bulup yeniden birbirlerine âşık olmuşlardı.

Erkek kendini ihanete uğramış hissediyordu.

Karısının onu "aldatmak" için seçtiği erkek yine kendisiydi.

Nasıl bir isim vermeliyiz sizce bu maceraya?

Bu bir ihanet öyküsü mü yoksa, korkunç bir aşk öyküsü mü?

İki insanın ortak hafızası olan "ilişkiyi" unutup o ilişkiden bağımsız bir macera aradıklarında gene birbirlerini buluyor, gene birbirlerine âşık oluyorlardı.

Her defasında birbirlerine âşık olabileceklerini görüyorlardı.

Niye yan yanayken birbirlerine âşık olmuyorlardı da ancak hafızaları silindiğinde, birbirlerini bir yabancı sandıklarında yeniden ortak sevgilerini yaratıyorlardı?

Bir kadınla bir erkek yaklaştıklarında, birbirlerini sevdiklerinde aralarında yeni bir canlı, "ilişki" dediğimiz yeni bir varlık doğuyordu; birbirini seven her kadınla her erkek kaçınılmaz olarak iki insandan üç "canlı" çıkartıyorlardı, kendileri ve ilişkileri.

Önce, onları birbirine yaklaştıran "ilişki" büyüdükçe sanki onları iki yana doğru itiyor, mutlu anlardan çok mutsuz anlardan beslenerek irileşiyor, ikisinin arasında bir bağ olmaktan çıkıp onların arasında bir duvara dönüşüyordu.

Aşılması çok güç bir duvara.

İlişki dediğimiz, iki insanın ortak hafızası.

Hafıza, sahibini tehlikelerden korumak için iyiliklerden çok kötülükleri biriktiriyor, acıların, tehlikelerin, öfkelerin altını koyu koyu çiziyor, kuşkuları arttırıyor, kızgınlıkları körüklüyordu.

Biz üç kişiyiz.

Ben, sevdiğim ve ilişkimiz.

Beni sevdiğime bağlayan ilişki, bir zaman sonra beni sevdiğimden ayırıyor.

İlişki olmadığında ben sevdiğimin ruhuna ulaşamıyorum, onunla kaynaşıp tek bir varlık haline dönüşemiyorum, ilişki olduğunda ortak hafızanın lekelerinden sevgimi, kendimi, sevdiğimi koruyamıyorum.

Sevgimiz ilişkimizle lekeleniyor.

Biz ilişkimizle birbirimizden kopuyoruz.

Bizi bağlayan bizi ayırıyor.

Nice aşk yitirdim ben.

Onda yok olup onla var olduğum, bana her defasında aşkı, acıyı, sevinci, hayatı ve ölümü yeniden öğreten kadınlar yitirdim.

Sevdim.

Çok sevdim.

Ama sevdiğimi, sevgimi, aramızdaki üçüncü canlıdan, ilişkimizden koruyacak kadar güçlü olamadım.

Birçok insan da olamadı.

İlişkimiz düşmanımıza dönüştü.

Hafızamız olmasa birbirimize yeniden sevgiyle sarılırdık biliyorum, yeniden tanrıçam olurdu, yeniden onun mabedindeki adak yerine hayatımı yatırırdım.

O kadınla o erkek bunu yapmayı becermişlerdi ama ikinci şanslarını bir armağan gibi değil, bir ihanet gibi gördüler.

Bir daha kaybettiler.

Eski ilişki yenisini de öldürmeyi başardı.

Tanrıya, bize, acılar kadar sevinçleri, kötülükler kadar iyilikleri de aynı güçte hatırlatacak bir hafıza bahşetmesi, bizi kendi hafızamızdan ve ilişkimizden koruması için yakarmaktan başka elimizden ne gelir?

O güne dek ayrılışlar ve acılar çekmekten başka...

"Umurumda Değil..."

Adam uzun bir seyahat dönüşü neşeyle eve girdiğinde içeride birden tuhaf bir sessizlik olur, dostları gözlerini kaçırır, sevgilisi huzursuzca kıpırdanır, en yakın arkadaşı yanındaki bardağa uzanır.

Sonra herkes gider.

Sevgilisi, "Sana bir şey söylemeliyim" der.

Adam sarılır sevgilisine, "Gerek yok" der, "hiçbir şey söyleme."

Kendilerine birer içki koyarlar ve adam, sanki olması gerekenden biraz daha neşeli ve coşkulu konuşur.

— Hadi evlenelim.

Kadın şaşırır.

— Nasıl?

— Gidip evlenelim.

Adam gerçekten evlenmek mi istiyordu, yoksa o sessizliğin üstesinden gelmek için tutkulu ruhuna uygun bir coşku patlamasına mı kaptırmıştı kendini, yoksa duymak istemediği bir açıklamayı bir daha duymayacağı şekilde gömmek için büyük bir olaya mı sığınmaya çalışmıştı bilmiyoruz.

O akşam kadın, müstakbel kocasının masaya koyduğu buruşuk bir broşür görür, arkasında birkaç satır yazılmıştır, "Bu ne?" diye sorar, "Bir şiire başlamıştım" der adam, kadın sevinçle ve sevginin kendisine verdiğine inandığı otoriteyle, "Bitir şiiri" der.

Evlenirler.

Yeni bir eve taşınırlar.

Kadın, kutuları açıp eşyaları yerleştirmeye çalışırken içeri, kocasının en yakın arkadaşı olan, geçtiğimiz yüzyılın en büyük piyes yazarlarından Eugene O'Neill girer.

Adı konmamış, kaçamak ve kaygan bir ilişki yaşamış insanların arasındaki o tuhaf huzursuzluk içinde kadın kutularla ilgilenir, O'Neill bir içki ister. Kadın içki şişesini verir.

O'Neill huysuzlaşır.

— Bardak da istiyorum!

Kadın bütün kutuları tek tek açarak bardak ararken, kadının telaşını ve tedirginliğini yatıştıracak bir hareket yapmadan bekler bardağı.

Kadın bardağı bulduğunda sormak istediği soruyu sorar.

— John'a söyledin mi?

— Biz evlendik, der kadın.

O'Neill, kadına mavi bir zarf uzatır.

— Senin için bir şiir yazdım.

O'Neill gittikten sonra kadın, zarfı açmadan bir kitabın içine koyar.

Ve hayat, sanki görünenin altında akıp giden akıntılardan habersizmiş gibi akmaya devam eder.

Kadının kocası, daha sonra Sovyet Devrimi'ni en iyi anlatan kitabı, *Dünyayı Sarsan On Gün*'ü yazacak olan, döneminin ünlü gazetecisi John Reed'dir.

Savaş karşıtı, mücadeleci, tutkulu bir adamdır.

Kadın erkek ilişkilerinde "özgürlüğü ve eşitliği" savunur.

Bir akşam, bir kitap ararken, O'Neill'in karısına verdiği şiiri bulur.

Kadın, açıklamak ister.

Dinlemez bile Reed.

— Umurumda değil, der, elbette istediğini yapabilirsin, istediğinle yatabilirsin, ben de çok yattım.

Gerçekten kadınlarla yattı mı bilinmez ama bu sözler karısını çok yaralar, "Kiminle yattın?" diye sorar, "Kiminle yattın?"

Sonra da eşyalarını toplayıp evi terk eder.

Karısının arkasından Reed, merdivenlere oturup ağlar.

Ondan sonrası bir karmaşadır.

Kadın, gazeteciliğe başlar ve gerçekten "özgür" bir hayata dalar, neredeyse yatmadığı adam kalmaz.

Epeyce sonra Reed, karısının, çalıştığı dergiden kovulduğunu öğrenir. Onu yeniden bulur, birlikte Rusya'ya gidip gazeteci olarak "devrimi" izlemeyi önerir.

Giderler.

Aralarındaki aşk yeniden canlanır.

Döndüklerinde Reed ünlü kitabını yazar.

Ama başarıya, mutlu gözüken hayatlarına rağmen Reed'in içindeki yara hiç kapanmaz, "umurunda bile olmadığını" söyleyen adam, karısının O'Neill'le ilişkisini hiç unutamaz.

Karısı onu yazıya çekmeye çalıştıkça o, politikaya doğru gider, Amerikan Komünist Partisi'nin içindeki hizip kavgalarına karışır.

Ve, birgün Amerikan Komünist Partisi'nin iç kavgalarını nihai bir çözüme kavuşturmak ve Sovyet yöneticilerinin, kendi hizibini asıl parti olarak kabul etmesini sağlamak için sahte bir pasaportla Sovyetler'e gider. Karısının itirazlarını dinlemez.

Zor bir yolculuktan sonra Rusya'ya varır ama bir daha oradan çıkamaz. Kaçmaya çalışırken Finlandiya'da hapse düşer, hastalanır, Sovyetler'e iade edilir.

Tek istediği, karısına kavuşmaktır.

Her gün mektup yazar.

Cevap alamaz.

Alamaz, çünkü karısı kocasını bulabilmek için o belalı günlerde hayatını ve geleceğini tehlikeye atarak Sovyetler'e doğru korkunç bir yolculuğa çıkmıştır.

Haberleşemezler bile.

Reed, karısının yeniden O'Neill'e döndüğünden kuşkulanır hep.

Karısının, kendisini bulabilmek için ne acılara ve sıkıntılara katlandığını bilmez.

Birbirine kavuşmak isteyen iki insan, bu amaca ulaşabilmek için hayatlarını tehlikeye atmaya, buzlu bozkırlarda günlerce süren yürüyüşlere, açlığa, hastalığa razı olurlar.

Sonunda birbirlerine kavuştuklarında artık, Reed çok hastadır.

Bu insanların hayatını anlatan filmi izlerken kaçınılmaz bir şekilde kendinize soruyorsunuz, eğer kavşak noktalarında bu iki insan başka türlü davranmış olsaydı, hayatları da başka türlü olabilir miydi, diye.

Eğer kadın, sevgilisi seyahatteyken O'Neill'le kırıştırmasaydı ve Reed eve döndüğünde bunu fark etmeseydi hayatları nasıl olurdu ya da o mektubu bulduğunda karısının açıklamasını bile beklemeden, "Umurumda değil" demeseydi de karısını dinleseydi, kıskançlığını saklamaya çalışmak yerine gösterebilseydi ne olurdu?

Çok büyük bir yazar olan O'Neill'i o kadar kıskanmasaydı, acaba yazıdan ziyade politikaya ağırlık verir miydi, yoksa kendi kitaplarını yazmayı mı tercih ederdi?

Bu kadar "özgür", bu kadar "rahat", bu kadar "dost" oldukları halde neden her şeyi açıkça ve dostça konuşamadılar, yoksa aşk o dehşetli parçası kıskançlıkla birlikte geldiğinde o kadar "özgür, rahat ve dost" olamıyor muydu insan?

Bir yandan, onu bir kere daha görebilmek için hayatını tehlikeye atmaya razı olurken bir yandan da hayatının en önemli acısını ondan saklamak, gerçek duygularını açıklayamamak; kıskanan âşık bir insanın bir yanıyla sevdiğine yaslanıp bir yanıyla ondan, onun asla ulaşamayacağı kadar uzak olduğunu mu gösteriyordu?

Neden bütün hayatlarını etkileyecek hatalar yapmışlardı, insanlar âşık olduklarında mutlaka bir hata mı yapıyorlardı?

Büyük ve unutulmaz aşkları, öylesine büyük ve unutulmaz kılan, yapılan hataların açtığı ve asla sağalmayan yaralar mıydı?

Hiç kapanmayacak yaralar açmaya muktedir olduğumuz halde neden açılan yaraları iyileştirmeye muktedir değildik?

Yaşadığımız aşklar hayatlarımızı değiştiriyor.

Yapılan hatalar da değişen hayatı bir kere daha değiştiriyor.

Savruluyoruz.

O aşklar olmasaydı, o hatalar yapılmasaydı, o hayatlar nasıl olacaktı hiç bilemiyoruz.

Bildiğimiz, hayatı başkalarından daha başka türlü, daha tutkulu, daha unutulmaz yaşadıkları ama buna rağmen içlerinde hep "bir şeyin yarım kaldığı" duygusunu taşıdıkları.

Reed, bunaltıcı bir Sovyet hastanesindeki demir karyolada çok erken gelen bir ölümü beklerken, karısı, başucundaki komodinin üstünde yıllar önce kocasının cebinden çıkan buruşuk broşürü bulmuştu.

Arkasını çevirip bakmıştı.

Reed, o yarım şiiri yazıp tamamlamış ama karısına söylememişti.

Onların, defalarca bölünen, yolundan sapan eksik ilişkilerinde tamama eren tek şey de o şiir olmuştu herhalde.

Bir de kadının, bir ölünün başucunda döktüğü gözyaşları...

Sus Artık Sesim...

Kendimizi olduğumuzdan başka biri sanarak yaşarız hepimiz ama bir yanımız aslında kim ve ne olduğumuzu hep bilir, bütün hayatımız da, gerçekleri söyleyen içimizdeki o haini susturmaya uğraşmak, onu yatıştırmaya çabalamak ve kendimizden kaçmakla geçer.

Hayatın ne olduğunu bana sorarsanız, size uzun bir kaçış olduğunu söylerim.

Bütün o övünmelerimiz, kızgınlıklarımız, başkalarını suçlamalarımız, kendimize acımalarımız, anlaşılmadığımızdan yakınmalarımız, nedensiz kederlerimiz bir kalebendin imkânsız kaçış çabalarından başka nedir ki?

Bizi kendimizden kaçıracak, özgürlüğe, bizsizliğe götürecek olan arabamıza koştuğumuz iki muhteşem ve güçlü at, unutuş ve hatırlayıştır.

Kendimiz olduğumuz anları unutmak, kendimizi başkası sandığımız anları hatırlamak isteriz.

Ama atlarımız ne yazık ki umduğumuz kadar uysal değildir, beklenmedik anlarda şahlanarak, kişneyerek, istemediğimiz yollara saparak, birbirlerinin yerine geçerek bizi, duvarları bizim benliğimizden örülmüş büyük hapishanenin içinde döndürür dururlar.

O hapishanenin dışına çıkamazlar.

Kendi gerçek kimliğini anlatan kimseye, belki de o yüzden, rastlamadım bugüne dek.

Bu, yalnızca yalancılıklarından, samimiyetsizliklerinden değildi; gerçek kimliklerini saklamak için öylesine uğraşıyorlar, öldürdüğü adamın cesedini gömen bir katil gibi onu öylesine derine gömüyorlardı ki, ortaya çıkarmak istediklerinde bile üstündeki toz topraktan onu arındıramıyorlar, onu çırılçıplak, apaydınlık göremiyorlardı; seziyorlardı yalnızca, bu kadarı bile onları korkutup hayatlarını bir kaçışa çevirmeye yetiyordu.

Bir düşünceyi, bir olayı, bir bilgiyi unutabilirdiniz ama güçlü bir sezgiyi unutmak o kadar kolay olmuyordu.

Ve, biz o sezginin yanlış olduğunu kanıtlayacak hikâyeler anlatıyorduk.

Bizim hep iyi kalpli bir kurban, başkalarının ise insafsız cellat olduğu hikâyeler.

Bunları anlatırken kendi gerçeğimizi unutuyor, kendi hapishanemizden kaçıyor, özgürleşiyorduk ama gözlerimizi yeniden açtığımızda kendimizi yeniden aynı hapishanenin içinde buluyorduk, üstelik bizi bunaltan sezgilerimiz yeni yeni yalanlarla daha da güçlenmiş, ruhumuzu yaralayan yalanlar daha da çoğalmış oluyordu.

Afyonu ve şehveti daha on sekiz yaşındayken Quartier Latin'deki küçük bir orospunun koynunda keşfeden ve bütün hayatını bir iç sıkıntısıyla geçiren Baudelaire'in şiirindeki gibi, "köhne bir odaydık solmuş güllerle dolu."

Yalanlar, unutulmak istenenler, inkâr edilenler, kokularını, renklerini yitirmiş solgun çiçekler gibi çoğalıyordu içimizde.

Tanrının, öfkeli bir vaktinde yarattığı bir cinstik biz, yaptıklarımızın intikamını kendimizden kendimiz alıyorduk, rüyalarımızla, ani hatırlayışlarımızla, pişmanlıklarımızla kendimizi bıçaklıyor, yaralıyor, kanatıyorduk.

Yazdıkları yasaklanan, yargılanan, kendini ve insanları ölüm gerçeğini yüzlerine vurarak aşağılayan ve kendinden hiç kurtulamayan o kederli afyonkeşin bir dizesini biraz serbest bir çeviriyle neredeyse bütün insanlık haykırabilirdi:

"Hançer benim, yara bende."

Kendimizi, gerçek kimliğimizi, bununla ilgili güçlü sezgilerimizi affedemiyor, unutamamanın öfkesiyle hançerleşerek kendi hapishanemizin duvarları olan ruhumuzu yırtmaya uğraşıyorduk.

Bilmiyorum, tanrı kime kızıp kimden intikam almak için bizi böyle yaratmıştı.

Ne gerçeğimizden memnunduk ne de gerçeğimizi değiştirebiliyorduk.

İnkâr etmeye uğraşarak, unutmaya çabalayarak ve imkânsız bir kaçış için koşarak kendimize bir hayat inşa ediyorduk.

Bir başkası olduğunu sanarak yaşamanın ve kendini buna bir yanıyla inandırırken bir yanıyla da gerçeği bilmenin zorluğu içindeki dehşetli mucize ise zaman zaman bir başkası olmayı başararak hayattan mutluluk damlaları sağmaktı.

Öfkelerimizi, acılarımızı, vicdan azaplarımızı, intikam isteklerimizi, şımarıklıklarımızı unuttuğumuz anlardı bunlar ve bu muhteşem unutuşu sürekli hatırlamak istiyorduk.

Ama unutmanın zorluğu gibi hatırlamanın da zorluğu vardı; bir ses, bir şarkı, rüyalarımıza karışan bir kâbus, bir resim, bir bakış bize hatırlamak istediğimizi unutturuyor, kendi gerçeğimizi sezgilerin pusları arasından çekip çıkartıyor, bizi kendi gerçek varlığımızın yansımalarıyla yüz yüze bırakıyordu.

Baudelaire, yalnız çocukluğunun, çalkantılı gençliğinin, bitmez iç sıkıntılarının arasında bu hatırlayışın güçlüğünü, bunu becermenin neredeyse bir sanat olduğunu da keşfetmişti:

"Bende mutlu anları yâd etme sanatı var."

Mutlu anları sık sık "yâd edemiyorduk", istiyorduk bunu yapmayı ama o anlar, o güzel hatıralar bizim sahip olmadığımız bir hakka, sık sık hapishanemizin dışına, özgürlüğüne kaçma hakkına sahipti, onları kolayca yakalayamıyorduk.

Onlar bizi bırakıp gittiğinde biz onların peşinden gidemiyor, kendi içimizde kapalı kalıyorduk.

Kendimizi bir başkası sanarak yaşasak da seziyorduk kim olduğumuzu.

Hangimiz kendimiz olarak mutluyduk ki?

Onun için değil miydi zaten bize kendimizi unutturanlara, aşka ve sanata hayran olmamız, onun için değil miydi zaten âşık olduklarımızı bir tanrı ya da tanrıça gibi görmemiz, onların bir mucizeyi gerçekleştirdiklerine, bizi değiştirdiklerine inanmamız?

Uzun ve imkânsız kaçışımızda bize yardımcı olan herkese minnettardık.

Ama kaçınılmaz olarak kendi gerçeğimize döndüğümüzde, kızdığımız da kendimiz değil, bir zamanlar bizi mutlu etmiş olanlar oluyordu, öfkeleniyorduk onlara, bizi kandırdıklarını düşünüyorduk, o mutluluğun sonsuza kadar sürmemesinin nedeninin onlar olduğuna inanıyorduk, o mutluluğu bozanın bizim gerçek varlığımız olduğunu itiraf etmemiz imkânsızdı, bunu yapan biz olamazdık, çünkü biz, bizden başkasıydık.

O mutluluk ânını çatlatan sözü söyleyen biz değildik, o muhteşem unutuşu, sahip olduğumuz her şeyi değersiz bulduğumuz gibi, değersiz bulup yere çalan biz değildik, biz değildik bize yakınlaşan herkesi kendimizi aşağıladığımız için aşağılayan.

O uzun ve imkânsız kaçışta, kendimize sürekli anlatmak istediğimiz, içimizdeki yargıcıyı ikna edebilmek için sürekli söylediğimiz hep aynıydı:

"Benim hayatımı mahveden ben değilim, onlar mahvetti benim hayatımı."

Hayatımıza girmiş ve oradan "suçlu ilan edilmeden" çıkmayı başarmış kaç kişi vardı?

Bu kadar çok suçlunun hayatımızda birikmesi bizi kuşkulandırmıyor muydu, bunca suçlunun ancak bir hapishanede bir araya gelebileceğini hiç düşünmüyor muyduk?

Kuşkulanmasak ve düşünmesek bile seziyorduk.

Sisli bir sahranın dibinde bağdaş kurmuş
Köhne bir sfenksin çöllerde unutulmuş,
Yapın vahşi, akşamları yükselir sesin
Şarkını batan güneşlere söylersin.

Unutuşun ve hatırlayışın atlarını batan güneşlere doğru sürüyor, şarkımızı batan güneşlere söylüyorduk.

Atlarımız kendi hapishanemizin duvarları içinde, o duvarlara çarpa çarpa, kendilerini ve bizi yaralaya yaralaya koşuyorlardı.

Kendimizi bir başkası sanarak yaşıyor ve aslında kim olduğumuzu asla tümden unutamıyorduk, kendimize doğru sürükleniyor, en hayati anda birden kendimiz gibi davranarak varlığımızdan intikam alıyorduk.

Bunun nedenini hep merak ediyor ama hiçbir zaman da tam anlayamıyorduk.

Bir kiliseyi gezerken felç geçiren ve hayatı gibi ölüme gidişi de sıkıntılı olan "Kötülük Çiçekleri"nin şairiyle birlikte yalvarıyorduk o vakit.

Hadi şimdi nedenini aramayı bırakın
Meraklı, güzel, tatlı sesim, ne olur, sus artık.

Sussun diye içimizdeki o ses nasıl hasretle bekliyor, nasıl sığınmaya çalışıyorduk unutuşlara ve hatırlayışlara.

Ama susmuyordu.

Sandığımızdan başka biri olduğumuzu zehir solur gibi fısıldıyordu kulağımıza.

Yanlış Bir Gün...

Yolunu şaşırmış bir yolcu gibi kış başında geliveren bahar günleri, ılık ve güneşli öğlenleriyle birlikte kanatları sarı benekli sığırcıkları da getirdi balkonuma, ince parmaklıkların üstüne konup araya kesik notaların karıştığı uzun ötüşlerle dem çekiyorlar.

Sonra aniden kaybolup gecenin bir vakti yeniden geri dönüyorlar, sislerin içinde yüzlercesi birden ötmeye başladığında bir fıskıyeden fışkıran cam bilyelerin birbirine çarpmasını andıran seslerle doluyor hava.

Bazen susuyorlar, aralarından biri uzun bir şarkıya başlıyor, duruşları, nakaratları, helezonlar halinde birbirine dolanarak çoğalan notalarıyla insanın içinde sebepsiz sevinçler yaratan bir bahar konçertosuyla geceyi neşelendiriyor.

Bir çimen kokusu duyuluyor seslerinde.

Parlak güneşi, ılık öğlenleri, birden bastıran sisleri, kuş sesleriyle kış başında bahar günleri yaşanıyor.

Bütün güzelliğine rağmen böyle zamansız mevsimlerin içinden çıkan yanlış günler, derinlerde bir hüznü de kıpırdatıyor.

Terk etmeye hazırlanan sevgilinin son öpüşü gibi geçmişteki güzel günleri insafsızca hatırlatıp geleceğin yalnızlığıyla insanı korkutan bir yanı da var bu yanlış günlerin.

Zamanın akışında aniden meydana gelen bu yırtılışlar, altından ne kadar renkli ve neşeli bir görüntü çıkartıp sunsa da zamanın geçişini, düzenli mevsimlerle günlerden daha fazla hissettiriyor.

Geçmiş bir mevsimin unutulması gereken tatlarını kaprisli bir gülücükle bağışlayan sahnelerin yaşandığı böyle günlerde, gelecek daha fazla ürpertiyor beni.

Şaman büyücülerin kötülüklere karşı omuzlarından geriye attıkları tuz parçacıkları gibi maziye doğru fırlatıp attığımız hatıralar, bir hayaletler panayırında canlanıveriyorlar, tek tek bütün günleri buluyorsunuz o panayırda, şu çok sevindiğim gündü, şu, beni acıyla kıvrandıran gün, hangisinin ne zaman geleceğini bilmiyordum ve hepsi geldiler, binlerce siyah balon gibi uçtular semalarımda, her biri patlayıp içinden bir başka renk, bir başka hayat, bir başka yüz, bir başka duygu çıkarttı.

Gelecek o siyah balonlarla dolu.

İçlerinden neler çıkacak?

Karanlık bir kış gecesi beklerken sığırcıkların keyifle şakıdığı bir bahar sabahı mı bulacağım, bir yaz günü beklerken kış günlerinin azgın boralarından biri mi çarpacak yüzüme?

Nasıl baş edeceğim hayatın beklenmedik değişiklikleriyle?

Çıplak bir çingene çocuğu gibi günlerin arasında eşinip neyi arayacağım, huzur mu isteyeceğim, heyecan mı, şeytan uçurtmaları gibi uçup gideceğim günler mi isteyeceğim, unutulmuş bir verandaya bırakılmış eski bir koltuk gibi durduğum yerde durmayı mı?

Ne isteyeceğim ve ne bulacağım?

Kanatları sarı benekli sığırcıklar aniden ötüverecekler mi bir gece?

Yoksa bir kar sessizliği mi hâkim olacak hayata?

On iki yaşındayken bir pazar akşamı boş bir tramvayın arka sahanlığında yapayalnız hayaller kurarken, "on yıl sonra ne olacak acaba" diye düşündüğümü hatırlıyorum, on yıl sonra baba olacağım aklıma bile gelmemişti o sırada, gelmesi de mümkün değildi.

Aradan yıllar geçti.

Geleceğini merak ederek izledim kendi hayatımı.

Mutluluk ve başarı bekledim hep.

İkisini de bulduğum zamanlar oldu, ikisini de kaybettiğim zamanlar.

Hayatın benle dalga geçtiği ve benim hayatla dalga geçtiğim zamanlar oldu.

Hayal kurmaktan bile korktuğum günler gördüm.

Hayallerimi bile aşan günler bazen.

Geçmişi unutmayı öğrendim, geleceği merak etmemeyi.

Geleceği merak ettiğim anları düşünüyorum da şimdi, hep yalnızdım o anlarda, gelecekle yalnızlık arasında bir bağ var gibi geliyor bana, insan yalnızken geleceği düşünüyor ve geleceği düşünmek insanı yalnızlaştırıyor.

Biraz sonra dağılacak bir kalabalığa bakmak gibi geleceğe bakmak.

İnsanlar ekleniyor hayatına, insanlar eksiliyor, sen bir kalabalıktan bir başka kalabalığa çok da fark etmeden geçiyorsun, birileri senin hayatından çıkıyor, sen birilerinin hayatından çıkıyorsun.

Teninin parçası olmuş niceleri uzaklaşıyorlar, bir zamanlar adını bile bilmediklerin ise daha sonra en mahrem gülüşlerinin sahibi oluyorlar.

İleriye baktığında, geçmişin gölgeleri kaçınılmaz olarak düşüyor geleceğin üstüne, gitmiş olanları hatırladığında gidecek olanları da düşünüyorsun, en yakınından bile uzaklaştırabiliyor insanı bu düşünceler, o da eksilecek mi hayatımdan diye soruyorsun kendine.

"O gitmez" dediğin kaç kişi gitti, asla kopamayacağını sandığın kaç kişiden koptun, hafızanda birer soluk hayalet şimdi onlar ve sen onların hafızasında soluk bir hayaletsin, gelecek, hayatından kimleri soluk hayaletlere çevirecek.

Geçmişin anıları, geleceğin soruları...

Binlerce yıldan bu yana insanoğlu bu ikisinden kurtulamıyor.

Cevabı öğrenilen her soru anıların arasına katılıyor, yerine yeni sorular çıkıyor.

Kış başındaki bahar günlerinde, birden bastıran sislerin, ılık güneşlerin ve cam bilyeleri andırarak birbirine vuruşan notalardan oluşan kuş ötüşlerinin yaşandığı zamansız mevsimlerde hatıralar da sorular da birden çoğalıyorlar, sığırcıklar gibi.

Balkon parmaklığının ince demirlerine sıralanıyorlar.

Her birinin sesini duyabiliyorum.

Yalnız bir gece duruyor şurada, ümitli bir soru yanında, berisinde sevinçli bir gün var, ötesinde duran endişeli bir başka soru.

Bu kış gecesindeki bahar sisinin içinde öylesine kalabalıklar ve öylesine hızlı uçuşuyorlar ki geleceğe mi yoksa geçmişe mi gittiğimi bile anlayamıyorum.

O andan uzaklaşıyorum sadece.

Bu zamansız bahar, bu yanlış gece, bu ılık sis, bu kuş sesleri güzelliğiyle beni içine çekip, beni bulunduğum yerden ve zamandan alıp götürüyor.

Hem uçuyorum, hem düşüyorum.

Bu sebepsiz memnuniyet, bu köksüz sevinç, kendileri gibi sebepsiz ve köksüz endişeler yaratıyor.

Geleceği bilmek ister miydim?

Hayır, geleceği bilmek istemezdim.

Sevinçler kadar acılar da getireceğini daha yaşamadan biliyorum.

Bunların bir sırası olmadığını da...

Beklenmedik zamanlarda, beklenmedik biçimlerde ortaya çıkacaklarını da...

Geleceğin kendi kendine bir geçmişe dönmesini, yüzüme doğru yaklaşan her siyah balonun patlayacağı ânı bir çocuk gibi gözlerimi kısarak bekleyip, patladığında içinden çıkanın tenime değişini hissetmeyi tercih ederim.

Ama bu kuş sesleri bütün o soruları uyandırıyorlar.

Zamanın yırtıldığı anlarda zaman daha çok hissediliyor.

Hatıralarla, en acılarıyla bile başa çıkabiliyorum, gelecekle ilgili sorularla da başa çıkarım, en tehlikeli, en korkutucu, en yakıcı olanlarıyla bile.

Bir kış gecesinde bir bahar gününü yaratan kudret bununla eğlenebiliyorsa ben de bana yaşatılanla eğlenebilirim.

Koca bir şehrin, sisin ardında tümüyle yok olmasına gülümseyebilirim.

Sisin içinden tek başına çıkıp geliveren o yalnız sığırcığın kanatlarındaki beneklerin içeriden vuran ışıkla parlamasından kendime bir sevinç çıkartabilirim.

Kış gecelerinde baharların yaşandığı bir hayatın sahibiyim.

Ve bazen, anıları da, soruları da, kendimi de unutup sadece kuşları dinleyebiliyorum.

Sislerin içinde güzel ötüyorlar...

Hazzın Haritası...

Ben onu tanıdığımda artık neredeyse yaşlılığını bile geride bırakacak çağlardaydı, yaşını kimse bilmezdi, ıssız bir peronda son treni beklerken ayaklarının dibindeki bir karınca yuvasını seyrederek oyalanmaya çalışan gamsız bir yolcu gibi hayata da, insanlara da aldırmaz bir ilgi göstererek yaşardı.

İri gövdesini, koca memelerini rahatça taşıyarak hep dik tutar, ilgimi çekecek bir iştahla yemek yerdi.

Artık hiçbir yaşla tanımlanamayacak kadar yaşlı olmasına karşın garip bir cinsellik rayihasını hep kendisiyle birlikte dolaştırırdı, aşk hikâyelerini, küçük kaçamaklara ait dedikoduları yemeklere gösterdiği iştahla öğrenmek isterdi, duyduklarını bizim bilmediğimiz gizli bir tarihin ona bıraktığı anılarla kıyaslar gibi elindeki altının değerini dişine vurarak anlayan bir sarrafın dikkatiyle gözlerini kısarak dinler, sonra da çizgilerin arasında kaybolmuş dudaklarında beliren alaycı bir gülümsemeyle "hıh" derdi.

Herkesi ve her şeyi küçümserdi.

Bir kez bile kendisinden ya da geçmişinden söz ettiğini duymamıştım, dillere destan güzelliğini başkaları anlatırdı.

Bazen, ikimiz yalnız olduğumuzda inanılmaz derecede açık saçık hikâyeler anlatır, sonra da sanki anlattığı hikâyeyle beni bir oyunda mat etmiş gibi neşeli bir kahkaha atardı.

Öğüt verdiğini, akıl öğrettiğini, başkalarının işine karıştığını, yaşlılığın kendisine verdiği hakları başkalarına kendi görüşlerini kabul ettirmek için kullandığını hiç görmemiştim, ciddi konulardan konuşmaktan, dertleşmekten, acılarından, hastalıklarından, tecrübelerinden bahsetmekten hoşlanmazdı.

Yalnız bir keresinde, bir konuşmanın ortasında, "Herkes hazza koşar" demişti, sonra başını sallayıp, "Çok azı onun başında beklemeyi bilir" diye eklemişti.

Ne dediğini anlamamıştım.

Doğrusu pek aldırmamıştım da.

Bu iki cümle zihnimin karanlıklarında, kendisine anlam kazandıracak hiçbir tecrübeye rastlamadan denize bırakılmış iki balık gibi kaybolup gitmişti.

Hazzı ondan daha iyi bildiğimi, daha çok tadına vardığımı ve hazzın keyfini çıkartmak için kimsenin kılavuzluğuna ihtiyacım olmadığını sanıyordum.

Bir define avcısı gibi hazzı arıyordum, bulduğumda başında beklemek aklıma bile gelmiyordu, gençliğin o inanılmaz açgözlülüğüyle hemen tüketmeye uğraşıyordum, döküp saçarak, bulduğum hazdan alabileceğim zevkten çok daha azını alarak sarılıyordum hazza.

Aç birinin iyi bir yemeğin tadını almasının neredeyse imkânsız olduğunu, yemeğin gerçek lezzetini fark edebilmek için biraz doymuşluk gerektiğini çok sonraları öğrenecektim.

Rastladığım birkaç define sandığını yağmalarken aceleciliğimle neler kaybettiğimi kavrayamıyordum henüz.

Aradan yıllar geçti.

Hazzı, aceleyle ganimet çantasına dolduran telaşlı bir korsan gibi davranmak yerine daha telaşsız hareketlerle hazzın sahibi olabileceğimi fark etmeye başladım.

Hazzın başında beklemeyi öğrendim.

Önümde bir mücevher kutusunun kapağı açıldığında, gördüklerimi kapıp kaçmaya çalışmıyordum, duruyor, o rengârenk ışıltıyı seyrediyor, parlak taşlara teker teker dokunuyor, onların değerini tartıyor, okşuyor sonra kutunun kapağını kapatıyordum.

İçindekinin ne olduğunu bilerek kapağı kapalı bir mücevher kutusunun başında durmanın yarattığı o sancılı zevki hissediyordum.

Onunla aramda duran yasakları, günahları, cezaları görüyor, sadece taşların ışıltısını değil, o yasaklara başkaldırmanın tadını da tadıyordum.

Tuhaf, anlaşılması zor bir sihri vardı hazzın, kutunun kapağını kapatıp bekledikçe kutu büyüyor, içindeki değerli taşların miktarı artıyordu.

Bazen kutuyu açıyor, içinden bir zümrüt, bir yakut, bir pırlanta alıyor, sonra kapağı kapatıp elimdeki o küçük parçaya bakarak kutunun içindeki hazineyi hayal ediyordum.

Hazzı çoğaltan büyüyü keşfetmiştim.

Kendi arzusuyla dövüşen sabrın yarattığı muhteşem hayal gücüydü dokunulmamış hazzı her an biraz daha büyütüp çoğaltan.

Hazzın sahip olduğu parlaklıktan daha büyük bir parlaklığı, getirdiği zevkten daha büyük bir zevki, verdiği heyecandan daha büyük bir heyecanı hayal gücüm yaratabiliyor, hiçbir hazzın tek başına sahip olamayacağı bir zenginliği ona hayal gücüm katıyordu.

Kaybolmuş iki cümle ortaya çıkmış, yalnız bir yolcuyu kutsanmış kıyılara götüren denizkızları gibi bana kılavuzluk etmeye başlamıştı.

Hazzın başında beklemeyi, ona dokunmayı ertelemeyi öğrenmiştim.

O yaşlı kadının bana ne anlatmak istediğini, aceleci insanları niye küçümsediğini, hazza, hayatın bana gösterdiği yoldan değil, sabrımla inşa ettiğim bambaşka bir yoldan ulaşmanın lezzetini anlamıştım.

Hazzı ertelemek, o hazza sahip olmak için çırpınan bedeninle zihnini o hazdan uzak tutmak sanki kendi varlığını inkâr etmek gibiydi, kendinden, benliğinden, sınırlarından kopup uzaklaşıyor, kendini neredeyse tümüyle unutuyor ve hayal gücünün genişlettiği hazzın içine, uzun bir bekleyişten sonra daldığında artık orada kayboluyordun.

Hazzın senin zerrelerine yayılmasına engel olacak hiçbir sınırın kalmıyordu, haz kendisini engelleyebilecek hiçbir barikata çarpmadan seni kendi içinde eriterek bütün hayatını kaplıyor, sen hazzın kendisine dönüşüyordun.

Kendini ve geçmişini yok ediyordun.

Hazzın içinde yok olmayı öğrendiğinde anlıyordun, neden bütün dinlerin hazzı yasakladığını; bu menzilde kendi dünyanı yaratıp kendi tanrın haline geliyor, hazza tapınıyordun çünkü.

Ürkütücüydü.

Ve çıldırtıcı.

Büyük bir sihrin gücünü eline geçiriyor, bir sihirbazın tavşanını bir şapkada kaybetmesi gibi kendini hazdan bir dünyanın içinde kaybediyor, onu her seferinde bambaşka âlemlerde, bambaşka günahlarda, bambaşka biri olarak gezdiriyordun, gittiğin yerlerde gördüklerini kimseye anlatmıyor, her seferinde oraya yeniden dönmek isteğiyle geri geliyordun.

O yaşlı kadının neden hiç kendi hayatından söz etmediğini, neden kendi haz yolculuklarından örnekler vermediğini, neden her dinlediği hikâyeden sonra öyle gülümsediğini, sıradan iki cümleyle aslında karşısındaki genç çocuğa günahlarla ve zevklerle dolu bir dünya bağışladığını anlıyordum.

Kendi gezdiği toprakların haritasını iki cümleyle çizmişti.

O haritayı insanların önüne bırakıyordun.

Bazıları onun peşinden gidiyordu, o yolculuğun neler vaat ettiğini sezen bazıları da korkuyla kaçıyor, hazzı reddediyor, kendilerini kurallarla yasaklardan oluşan kalelere hapsediyor, manastırlara kapanıyorlardı.

Korkmakta haklıydılar belki.

Kaybolmak ve geriye bir daha dönmemek de mümkündü.

Bazıları kaybolmuştu.

Ama o yaşlı kadın gibi olanlar, gidiyorlar ve dönüyorlardı.

Eğer hazzı sadece kendin için değil de, o hazzı seninle paylaşacak olan insan için de erteler, onun hayal gücünü de hareketlendirir ve onu zengin bir sofrada aç tutarsan, o zaman bir başka insanın, hazzın yanı sıra sana da bağlanmasına, büyük bir bağımlılığa tutsak olmasına yol açıyordun.

Hayal gücünün her an biraz daha büyüttüğü o hazdan tatmadan, beklemenin yarattığı vaatlerin karşılığını görmeden yanından ayrılamıyorlardı.

Kendi hayal güçlerinin esiri oluyorlardı.

Beklemek, bir yayı germek gibiydi, ne kadar beklersen yay o kadar geriliyor ve sen kendinden o kadar uzağa düşüyor, hazzın o kadar derinine giriyordun.

Ah, ne çılgın yolculuklardan geçer böyle fırlatılan bir ok.

Bir filmde Romy Schneider, tanıştıktan kısa süre sonra seviştiği erkeğe, "Ben kendimi çabuk teslim ettiğim erkeklere âşık olmam" diyordu.

İnsan da çabuk teslim olduğu hazlara esir olmuyordu sanırım.

Onlar, hayallerimizin bereketli topraklarında büyüyememiş, serpilememiş, güçlenememiş hazlar oluyorlardı, hızla tadıyor, hızla unutuyordun.

"Hazzın başında beklemeyi çok az insan bilir."

Öyle demişti.

Sanırım çok beklemiş, ödülünü almıştı.

Hayata ve ölüme omuz silkecek, kendisini almaya gelecek son trene aldırmayacak kadar büyük ödüllerle ödüllendirilmiş olmalıydı, yaşadıklarının gücü o yaşlı bedenine son âna kadar bir tazelik katmıştı.

Başkalarının hikâyelerini dinlerken onları hep kendi yolculuklarıyla, kendi yaşadıklarıyla kıyaslamış, kendi geçtiği yollardan geçen olup olmadığını anlamak istemiş, belki de son günlerinde bunları paylaşabilecek, bunları bilen biri olsun istemişti.

Öyle birilerine rastladı mı bilmiyorum.

Bana haritasını bıraktı sadece.

İki cümlelik bir harita.

Geçtiğim yollarda onun alaycı tebessümünü göreyim diye.

Onunla, birgün onun gittiği yerde buluştuğumuzda, ona, "Neler yaptığını, neler yaşadığını biliyorum" diyeceğim.

Ve, ekleyeceğim, "Senin bana verdiğin haritayı onlara bıraktım."

Sanırım gülümseyecektir.

Eski Şehirde...

Şehirler de eskiyor.

Neşeli ışıklarını yitiriyor, soluyor, gençliği andıran çağıltılı hayatlarından yorgun bir yaşlılığa geçiyorlar.

Bir zamanlar "ışıklar kenti" olarak anılan, âşıkların, üstlerinde öpüştüğü sevimli köprüleri, albenili vitrinleri, sokak aralarında karşınıza çıkıveren minicik meydanlarıyla çarpıcı bir zıtlık yaratarak geniş bulvarların sonunda beliren devasa meydanları, düzgün binaları, kaldırımlarına insan sıcaklığıyla yayılan kafeleri, şokola ve konyak kokuları, yoldan geçenlere ayaküstü istiridye servisi yapan lokantaları, seyyar tezgâhlarında patates kızartması satan zencileri, sinemaları, kitapçıları, müzeleri, konserleriyle dünyanın mücevherlerinden biri olan Paris de sanki yaşadıklarından yorulup yaşlanmış.

Yollar biraz ıssızlaşıp sessizleşmiş, kentte hayat, geceleri biraz erken durur olmuş, vitrinler soluklaşmış, ışıklar azalmış.

Bu eskimiş haliyle insanda, kentin bir tozunu alma isteği uyandırıyor.

Güzelliği orada duruyor ama bu, bir kenarda bırakılmış ve çoktandır dokunulmamış değerli bir biblonun tozlu güzelliği. Parlaklığı sezilse de ilk bakışta fark edilmiyor artık, bakanın gözlerini kamaştırmıyor.

Belki de bu yorgunluk, bakanın gözlerindeki yaşlılıktan yansıyor şehre.

Sokaklarda, kaybolmuş bir gençliğin izlerini arayarak yalnız başıma dolaşırken, belki tanıdık bir ize rastlarım diye bir sinemaya girdim.

Üç dört kişilik küçük seyirci grubuyla neredeyse bomboş salonda oturup ışıkların kararmasını bekledim.

Philip Roth'un bir romanından uyarlanan film, yetmiş yaşlarına gelmiş başarılı bir edebiyat profesörünün hayatını anlatıyordu.

Anthony Hopkins'in oynadığı profesör bir zamanlar dekanlık da yapmış ve epeyce düşman kazanmıştı.

Bir ders sırasında farkına varmadan söylediği bir sözle zenci öğrencilere hakaret ettiğini iddia ederek profesörü disiplin kurulunun önüne çıkarıyorlardı.

Böyle bir aşağılanmadan hoşlanmayan profesör istifa etmeye karar veriyor ama bu kararını söylediği karısı, "Bir şey oluyor" dedikten sonra kocasının kollarında ölüyordu.

Aynı gün, işini ve çok sevdiği karısını kaybediyordu yaşlı adam.

Gidip, üniversiteye yakın bir gölün kıyısında inzivaya çekilmiş, çoktandır roman yazamayan bir yazarı bularak ondan, başına gelen haksızlığın romanını yazmasını istiyordu.

"Kendi hikâyeni kendin yaz" diyordu yazar.

Dost oluyorlardı ve profesör kitabını yazmaya başlıyordu.

Ama edebiyat bilmenin roman yazmaya yetmediğini çabucak anlayıp bırakıyordu kitabı.

Hayatla arasındaki son köprü de daha kurulamadan yıkılıyordu böylece.

Yaşlılığıyla ve yalnızlığıyla yüz yüze kalıyordu.

Ve postanede çalışan genç bir kadınla tanışıyordu.

O tuhaf kadınlardan biriyle.

Kadın, akşamları da bir ahırı temizliyor ve ahırın üstündeki odada kalıyordu.

Nicole Kidman'ın oynadığı genç kadın, kendisini yolda arızalı arabasının yanında bulup ahırdaki odasına bırakan profesöre, "Benle yukarı gel" diyordu.

Profesör, yüzünün çizgilerinde kırılıp parçalanan bir gülümsemeyle, "Ben uzun zamandır bir kadınla birlikte olmadım" deyince genç kadın, "Sen bilirsin" diyerek arabadan çıkıyor ama kaldığı odanın kapısını da içeri girdikten sonra ardına kadar açık bırakıyordu.

Uzun uzun o kapıya bakıyordu yaşlı profesör. Son zamanlarda yaşadığı hırpalanmalara bir de başarısız bir yatak macerasının katılmasından, yaşlılığının bir kez daha yüzüne vurulmasından korkar gibi ama vaat edilenin hazzını da bilerek bakıyordu.

Epeyce düşündükten sonra arabadan inip içeri giriyordu profesör ve böylece başlıyordu ilişkileri.

Kendi özel tarihlerinin kapıları, kimseye söylemedikleri bir sırla kapanmış iki insanın tuhaf ilişkilerini izliyorduk.

Genç kadın, büyük acılar yaşamış insanların, bu acının kendilerine her türlü kabalığı yapma hakkını tanıdığına inanarak benimsediği o yaralayıcı hoyratlıkla zaman zaman yaşlı adamı incitiyordu.

Kadının, Vietnam'da savaşmış ve orada çıldırmış eski kocası çıkıyordu ortaya.

Savaşta çıldırmış koca, profesöre genç kadınının sırrını, onun da canını yakmak için, bıçak saplar gibi söylüyordu:

"Sen, onun bir herifle düzüşürken iki çocuğunun mutfakta yanarak öldüğünü biliyor musun?"

Sonra profesörün bütün hayatını kaplayan sırrı da öğreniyorduk...

Profesör, aslında zenci bir ailenin, bir zamanlar kanlarına karışmış bir beyazın izlerini taşıyarak beyaz doğmuş çocuğuydu.

Âşık olup evlenmek istediği ilk kız, onun zenci olan annesini gördükten sonra onu terk etmişti.

Üniversiteler ona zenci olduğu için burs vermemişlerdi.

Ve, profesör yeniden, sevdiği bir kadın bulduğunda ona annesiyle babasının öldüğünü söylemiş, zenci olduğundan söz etmemiş ve beyazlara ait bir üniversiteye girmişti...

Yeni bir hayat kurabilmek için geçmişini öldüren profesör, sırrının ortaya çıkmasından korktuğundan çocuk da yapmamaya karar vermiş, sırrın korkunç gölgesi geleceğine de el koymuştu.

Hem geçmişini hem de geleceğini aynı sırra teslim etmiş, neredeyse bütün hayatını sırrı belirlemişti.

O sır, o adamın hayatının sahibi olmuştu.

Bütün yaşamı boyunca bu sırrını, karısı da dahil hiç kimseye söylememiş, bunu tek başına taşımıştı.

Şimdi, sırrı, yaşlılığı ve yalnızlığıyla kendini, hayatının bitiminde tanıdığı genç kadına ve ona duyduğu aşka bırakıyordu.

Yazar dostu ve avukatı ona bu kadından vazgeçmesini, başının derde girebileceğini, deli koca tarafından öldürülebileceğini ve kadının bütün bunlara değmeyeceğini söylüyorlardı.

"O benim ilk aşkım değil" diyordu yaşlı profesör, "en büyük aşkım da değil ama o benim son aşkım, bunun ne demek olduğunu anlamıyorsunuz değil mi?"

Sevdiği kadın için gözünü kırpmadan hayatından vazgeçmeye, bir skandala karışmaya, bir cinayete kurban gitmeye razı oluyordu.

Bir aşkın gücünü, bu davranışın kanıtladığını düşünüyordunuz.

Ama aşkın, insanı hayatından vazgeçmenin ötesine taşıyabileceğini öğrenmeniz için bir iki sahne daha beklemeniz gerekiyordu.

En iyi okullarda okumuş, en parlak başarıları elde etmiş, saygı ve ün kazanmış bu yaşlı adam, hiç kimseye ama hiç kimseye söylemediği sırrını, ahırları temizleyen tuhaf ve kaba kadına söylüyordu sonunda.

Verebileceği en değerli şeyi, sırrını veriyordu ona.

Yaşadığı bu son aşkı, bu son sevinci ödemeye hayatının yetmeyeceğini düşünüyordu.

Hayatının son günlerinde onu bir utancın, yalanla lekelenmenin, aşağılanmanın korkunç acısıyla vurabilecek silahı eliyle teslim ediyordu kadına.

Kimsenin güvenmediği kadına güveniyor, herkesin aşağıladığı kadını, ona kendi aşağılanma ihtimalini bağışlayarak yüceltiyordu.

Sinemadan çıktığımda sokaklar daha boş, şehir daha ıssız ve daha yaşlıydı.

Birini sevdiğimizde, sevebilme imkânını bize bağışladığı için duyduğumuz minneti hayatımızdan da fazla bir şeyle ödeyebileceğimiz, hattâ ödememiz gerektiği düşüncesi dolaşıyordu aklımda.

Kendimizi tümüyle korumasız bırakmak...

Vazgeçebilmeyi hiç düşünmediğimiz şeylerden bile vazgeçmek.

Nehrin üstündeki o güzel, taş kemerli köprülerden birinin ortasında durdum.

Akıp giden suyun serinliğiyle ürperiyordum.

Şehir yaşlanmıştı, ben yaşlanmıştım.

İnsan sevdiğinde hayatından fazla bir şey verebilmeliydi.

Hayatının tam ortasında duran, en gizli, en dokunulmamış, en tehlikeli şeyi...

Senin sahip olduğunu değil, sana sahip olanı vermeliydin. Bütün varlığını, hayatını belirleyen, ruhuna sahip olan o dokunulmaz özü.

Kendini bile vermekten zor olan buydu...

Şehir ışıkları değil, şehrin ortasından geçen karanlık su ürpertiyordu beni.

Şehvet, Tutku, Kıskançlık...

İnsanlarda olağanüstü yeteneklerin ve güçlerin, şaşırtıcı zaaflarla birlikte var olması herkes gibi benim de her zaman ilgimi çekti.

Belki de edebiyatı bu yüzden sevdim.

Yüzlerce hayat yaratabilecek kadar güçlü ve yetenekli insanların kendi özel hayatlarını cehenneme çeviren birçok zaafı bünyelerinde barındırmalarındaki şaşırtıcılık... Ve kuvvetli çelişkilerle zedelenmiş bu insanların zihinlerinin ürünü olarak hayat bulan zaaflarla dolu güçlü kahramanları.

Rengârenk flamaları, iri siyah atları olan tuhaf süvarilerin resmi geçidi.

Ben de önce kitapları ve beni o kitapların içine, yanlarına çeken kahramanları keşfettim. Epeyce dolaştım onların yanında, savaşlarda kılıçlarını taşıdım, terk edildiklerinde dertlerini dinledim, onlarla kadınları ve kaleleri fethettim, karmaşık ruhlarının verdiği tepkilere onlarla birlikte şaştım, zaferlerine sevindim, yenilgilerine üzüldüm.

Sonra, beni maceradan maceraya sürükleyen bu büyük kalabalığın ardında yüzleri gölgeli birilerinin durduğunu fark ettim.

Yazarlar yazıyordu bunları.

İnsan yaratan insanlar.

Hayatı, duyguları, acıları, zaafları herkesten daha iyi bilen, herkesten daha iyi anlatan birileri vardı.

Kitapların oluşturduğu dikkat çekici sahnenin kulislerinde onlar geziniyordu ve onların hayatları romanlarından, hikâyelerinden daha karmaşıktı.

Birçok gizli kapısı olan güçlü duvarlarla çevrilmiş kaleler gibiydiler; kapılarının anahtarları onların zaaflarından yapılmıştı ve bana ulaşılmaz gibi görünen bu insanların hayatları, zaaflarının açtığı kapılardan içeri sızan acılarla doluydu.

Kahramanlarının duygularını çok iyi tanıyorlar, onların hayatlarını yönetiyorlar, bütün zaaflarını en ince ayrıntılarına kadar anlatabiliyorlardı ama kendi zaaflarına ve hayatlarına yön veremiyorlardı.

Binlerce kristal parçasından oluşan görkemli avizeler gibiydiler, ışıkları yetenekleri ve güçleri yakıyor, zaafları o ışıkları parçalayıp bin bir değişik renge ve parıltıya dönüştürüyordu.

Belki de yaratabilmek için insanın büyük bir güç kadar büyük bir güçsüzlüğe de ihtiyacı bulunuyordu, belki onların güçsüz yanları onları insanların ruhlarına karşı böylesine hassas kılıyordu.

Yaratıcılıkla hastalık arasında uğursuz bir ilişki olduğunu herkesin sezmesine rağmen kimse bu yaratıcıların sırrını çözemedi ve onlar da garip bir içgüdüyle kendi hastalıklarını tedavi etmekten kaçındılar, hattâ onlara sıkı sıkıya sarıldılar.

Hayatı yaratan tanrının, yarattığı bu hayatı değerli kılabilmek için ölüme muhtaç olması gibi belki onlar da yarattıklarını değerli kılabilmek için kendi ruhlarının zaaflarına, hattâ ölümüne muhtaçtılar.

Bazılarının yüzüne baktığınızda, hastalığın işaretlerini çizgilerinde görebiliyordunuz.

Ama bazıları çok şaşırtıcıydı.

Onların hastalıklarını yüzlerinden okuyamıyordunuz.

İnce yüzlü, tel çerçeveli gözlükler takan, mütevazı bir entelektüelin bakışlarına sahip o zayıf, naif James Joyce'un şehvetle dolu, kıskançlıkla kanayan bir ayyaş olduğunu anlayabilmeniz için birinin size onun hikâyesini anlatması gerekiyordu.

Onun hikâyesini, *Dublinliler*'i yazdığı gençlik dönemini anlatan bir filmde izledim.

Cinsellik mabedinin kapısından henüz girmemiş genç bir yazar adayıyken bu mabedi iyi tanıyan bir otel hizmetçisine rastlayıp âşık olmuştu.

Onunla şehvetle, tutkuyla sevişmiş, onunla birlikte Trieste'ye göç etmiş, onunla evlenmişti.

Seçtiği kadın, kendisi kadar huzursuzdu.

Neredeyse hastalıklı bir tutkuyla, zevkten kıvranarak şehvetle sevişiyorlar ve her sevişmeden sonra Joyce'un kıskançlığı biraz daha artıyordu. Karısının kendisinden önce tanıştığı erkeklerle nasıl seviştiğini merak ediyordu, bazen sevişmenin ortasında, "Onlar da sana böyle mi yaptılar?" diye soruyor, ısrarla cevabı duymak istiyordu.

Şehvet ve zevk onu karısına bağlıyor ama aynı şehvet ve zevk büyük bir kıskançlık yaratarak onu karısından uzaklaştırıyor, hattâ ona düşman ediyordu.

Sanki karısına her dokunduğunda, onun vücudunun kıvrımlarında başka erkeklerin izlerini görüyordu.

Kıskançlığın yarattığı o hastalıklı merak içini yiyordu, "öbür erkeklerle nasıl sevişiyordu", nasıl bağırıyordu, nasıl inliyordu, neler yapıyordu onlarla, onların neler yapmasından hoşlanıyordu.

Tutkuyla bağlı olduğu o vücudun başka vücutlara da dokunduğunu biliyor, onu tümüyle sahiplenmek istemesine rağmen sahiplenemiyor ve sadece kendisine ait olan bir yer, bir dokunuş arıyordu.

Tutkunun kaçınılmaz sonucu olan mutlaklık talebi cevapsız kaldığından, hiç olmazsa mutlak olarak kendisinin olduğuna inandığı küçük bir alanı bulmaya uğraşıyordu.

Şehvet ve tutku büyüdükçe kıskançlık da büyüyor, karısının geçmişini silemeyeceği için korkunç bir çaresizliğin içine kısılıyordu.

Mutlak bir sahipliğe ulaşamamış, başka insanların gölgesiyle yaralanmış tutkusundan vazgeçemiyor, hayatındaki gölgelerle kendisine acı çektiren karısını bırakamıyor, hiçbir zaman dinmeyecek bir acı çektiği için de utanıyordu.

Karısını, "Bu adam senden hoşlanıyor" diye başka adamlarla baş başa bırakıyor, daha sonra, "Seviştiniz mi?" diye soruyor, kendi acısını kendi davranışlarıyla arttırıyor, böyle utandırıcı bir acı çektiği için kendisini bu davranışlarla hem cezalandırıyor hem de gizliden gizliye acının dayanılmaz bir noktaya ulaşıp kendiliğinden yok olmasını bekliyordu.

Ama bütün bu karmakarışık davranışlara, duygulara rağmen aralarındaki bağ kopmuyor, aksine hastalıklı bir şekilde güçleniyordu.

Karısını, ya bırakması, ya gerçeği kabul etmesi gerektiğini bildiği halde ikisini de yapamıyordu. Karısının bedenini hiç dokunulmamış bir beden olarak sahiplenmek istediğinden, karısını kendisi için asla ulaşılamayacak bir hedef haline getirmişti. Bunun imkânsız olduğunu bilmesine rağmen geçmişi düzeltmeye çabalıyordu.

Aradığına ulaşmanın imkânsızlığını kavradığında uzaklara kaçıyor ama özlemden kurtulamayıp geri dönüyordu. Karısı, ona kimsenin tattırmadığı bir acıyı tattırıyor ama kimsenin veremediği zevki ve mutluluğu da verebiliyordu.

Ne kaçabildiği, ne yenebildiği vahşi bir hayvanla yaşar gibi her gün, her an ruhunda vahşi ısırıklarla dayanılmaz ıstıraplar hissederek yaşıyordu.

İçiyordu. Yazıyordu.

Kendisini ve karısını aşağılıyordu.

Bir keresinde karısı ona, "Yazdıklarından ve içkiden başını kaldırsan gerçekleri göreceksin" dediğinde, "Sen benim yazdıklarımı okusan benim bütün ayrıntıları, bütün davranışları, bütün duyguları gördüğümü anlardın" diyordu.

Başkalarıyla ilgili duyguları görüyor, nedenlerini anlayabiliyordu.

Göremediği ve tedavi edemediği kendisiydi.

Kendisinin böylesine büyük bir aşkla bağlandığı bedenin diğer insanların ulaşamayacağı kadar yüce, kıymetli, dokunulmaz olmasını isterken aslında yüceltmek istediği şeyin kendisi ve kendi bencilliği olduğunu göremiyor, kendi tutkusu, mutlak olarak kendisinin olduğuna inandığı bir vücuda duyduğu özlemi, kıskançlığı, şehveti ve şişelerce içkisiyle sarhoşlaşıyordu.

Zevkin ve acının kaynağı aynıydı.

Birinden kopamadan öbüründen kopamıyordu.

Karısından hep kaçmaya çalıştı ve hiçbir zaman kaçamadı, yaşadığı gerçeği değiştiremedi ama yeryüzünün roman anlayışını ve İngiliz dilinin kullanılış biçimini değiştirdi.

Yeryüzü edebiyatını değiştirmeye yeten gücü, kendini değiştirmeye hiçbir zaman yetmedi.

Bir Sabah Uyandığında...

Sakin, sıradan, ışıklı bir gündü.

Güngörmüş çınarların gölgesi suya vuruyor, sevecen bir meltemle kıpırdayan sularda dantelli oynaşmalar yaratıyordu.

Arada bir, paslı, eskimiş şilepler geçiyordu.

Karşı tepeler yemyeşildi.

Rumelihisarı'nın burçları gözüküyordu.

Yorgun bir vapur yanaştı iskeleye, bir iki yolcu indi.

Güneş suya vuruyordu, ışık, parlak taşlar gibi sekiyordu dalgaların üstünde.

Yosun, midye, yaprak kokularıyla, gölgelerle, ışıklarla zaman eski bir vapur gibi sükûnetle akıyor, beni de kendi sükûnetiyle sarmalayıp yaşlı bir yolcu gibi yanı sıra götürüyordu.

İnsanın, menziline varmış bir at gibi bütün yükünü indirdiği, geçmişini unuttuğu, geleceğine aldırmadığı o huzurlu anlardan biriydi.

Gözüm, sularda kıpırdayan bir ışık yansımasına takıldı.

Nasıl oldu anlayamadım, o ışık bir an öylesine güçlü bir biçimde beni içine çekti ki, sanki her şey gerçekliğini kaybetti, bir ânın içinde o sedef parıltılı öğleden sonra parçalandı, kuşkulu, sisli, belirsiz bir hale dönüştü.

Hayatımızı, hayattan daha büyük gerçeklerle, evrenin sonsuzluğuyla, milyarlarca yıldan beri akıp giden zamanla kıyasladığımızda hissettiğimiz manasızlığı, yetersizliği hissettim.

Gerçekle ilişkim koptu.

Kısa bir baygınlıktan çıkar gibi o ışığın içinden çıktığımda, zihnimde yıllarca önce okuduğum bir cümle vardı.

"Hayat, tanrının gördüğü bir rüya mı yalnızca?"

Eve döndüğümde, toz ve kâğıt kokulu bir sahaf dükkânından aldığım, mavi kapaklı kitabı aradım, kütüphanedeki raflardan birinde unutulmuş olarak duruyordu.

Miguel Unomuno'nun *Sis* romanı.

Telaşlı bir şekilde sayfaları karıştırarak o cümlenin bulunduğu yeri aradım.

"Benim başımdan geçenler, etrafımdakilerin başlarından geçenler hakikat mi, hayal mi, yoksa tanrının bir rüyası mı sadece? O uyandığı zaman kaybolacak bir rüya olmasın bunlar, eğer ona dualar ediyor, ezgilerde onu yüceltiyorsak, bu, onu uyutmak, sallayarak rüyalara dalmasını sağlamak isteğinden doğamaz mı?"

Bir başkasının rüyası mıydı bizim yaşadığımız?

Kaderimizin bir başkasının zihnindeki bulanık görüntülerle belirlendiği bir rüya mıydı bu?

Eğer öyle değil de, hayat çok belirgin, çok net, çok gerçekse, o zaman, bazen bütün geleceğimizi belirleyen tesadüfler neydi?

Benim bir öğle vakti Boğaz'a gitmem, orada etrafıma bakarken bir ışık yalazının içine çekilerek bir anda gerçeklerden ve hayattan kuşkuya düşmem bir tesadüf değil miydi?

Bir keresinde genç bir dostuma, "Sence tesadüf nedir?" diye sormuştum.

O, gözlerini kısmış, dudaklarını şişirmiş, parmaklarının ucuyla çenesini ovaladıktan sonra hiç unutmadığım o cevabı vermişti:

"Tesadüf, bilinçaltımızdır."

Tesadüf dediğimiz, hayatımızın beklenmedik, tahmin edilmedik olaylarla ve insanlarla olan kesişmelerine bizi bilinçaltımızın hazırlayıp sürüklediğini, bilinçaltımızda öyle bir hazırlık olmasa, rastladığımız olayların ve insanların da yanından, onları fark etmeden geçip gidebileceğimizi düşünüyordu.

Bazen kaderimizi belirleyen tesadüfler aslında bizim bulmak istediğimiz ama bunun farkında olmadığımız olaylar ve insanlardı.

Tesadüfleri, onları çok yadırgamadan hayatımıza almamız, onları kendi geleceğimize katmamız, onları zaten istememizdendi.

Tesadüflerin kaderimizi belirlemekteki gücünü kabul edersek ve bu tesadüflerin bilinçaltımızın hazırlığı sonucunda ortaya çıktığına inanırsak, hayatımıza bilincimiz kadar, hattâ belki de ondan çok, bilinçaltımızın yön verdiğine de iman etmemiz gerekiyordu.

Böyle baktığımızda hayat sadece tanrının rüyası değildi.

Biraz da bizim bulanık ve bizi bile şaşırtan kendi rüyamızdı.

Tanrının ve bizim bilinçaltımızın oluşturduğu bir sisin içinde, o sisin arasında gözükenleri asla bilinçli bir şekilde kavrayamadan yaşıyorduk.

Kaderimizi değiştirmeye muktedir değildik ama onunla tanışmış gibi yaşıyorduk, kendini aldatmanın en vahşi ve en besleyici yanlarından biri olan bu yanılgı belki de kendi bilinçaltımızın bulanıklığının, tanrının belirsiz rüyalarıyla denk gelmesindendi.

Hayat, Unamuno'nun dediği gibi bir "sisti" belki.

Ve Unamuno, şöyle bir gördüğü Eugenia isimli bir kadının siluetine âşık olan adamın düşüncelerini anlatırken benim genç dostumun görüşlerine hak veriyordu:

"Hayat bir sistir. Bugün bu sisin içinden Eugenia çıktı. Kim bu Eugenia? Sanırım, ben onu çoktan arıyordum. Ben onu arayadurayım, işte o kendisi çıkageldi karşıma."

Ne başlangıcını ne de sonunu bilebildiğimiz zamanın içinde küçük susinekleri gibi kısacık hayatımızı sürüp, kendimize ve yaşadıklarımıza yüklediğimiz o olağanüstü ve biraz komik ciddiyetle yaşarken, ihtiraslarımız, acılarımız, kıskançlıklarımız ve kızgınlıklarımızla tanrıyı rüyasında güldürüyor muyduk?

Tanrı gülümseyerek birgün uyandığında yok mu olacaktık?

Biz birgün, bilincimiz kadar bilinçaltımızı da berraklıkla kavradığımızda mı uyanacaktı tanrı?

"İnsan yalnız kalır da gözlerini gelecek zamana kaparsa, rüyasında ebediyetin korkunç uçurumu açılır önünde" diyordu Unamuno.

Geleceğe bakmak, hep ona bakmak kurtarıyordu belki de bizi, bu sisin içinde yolumuzu bulabilmemiz, kendimizi ve hayatımızı önemsememiz, hayata bir mana katmamız belki de geleceğe bakmakla mümkündü.

Bu ânı manalı kılan, ona bir derinlik katan geleceğe bakmamızdı.

Ya geçmiş?

Geçmiş bize, geleceğe bakmayı ve sislerin arasından görmeyi öğretiyordu.

Tanrı gülümseyerek uyuyor ve rüyasında bizleri görüyordu.

Biz, tanrının rüyasında dolaşırken bilinçaltımızdaki

milyonlarca belirsiz görüntü, isimsiz duygu, anlaşılmayan istek, tesadüfleri ve kaderi mi oluşturuyordu? Kaderimizi şekillendirmekte, bilincimizin, aydınlık düşüncelerimizin, keskin duygularımızın gücünü yüceltmeye çalışırken tanrısal bir şakanın kurbanı mı oluyorduk?

Sislerin içinde yaşıyorduk.

Gerçekle bağımızı, bazen suların üstünde gezinen minicik bir ışık huzmesi koparabiliyor, bizi şüphenin belirsizliğine fırlatıp atabiliyordu.

O sakin, sıradan, ışıklı öğleden sonra kendimi yükünden kurtulmuş bir at gibi hissederken, derinlerimde bir şey beni bir ışıkla sarsılmaya, gerçekten kopmaya, hayattan kuşkulanmaya hazırlıyordu ama ben, o ışık parçası beni içine çekmeden daha bir an önce neye hazırlandığımı, ne tür duygular yaşayacağımı bilmiyordum.

Ama tek bir anda bütün duygularım değişebiliyor, huzurum yok olabiliyordu.

Bir sisin içinde kendime çarpıyordum.

Bu çarpışma parçalıyordu beni.

"Ne büyük acılar ne de büyük sevinçler öldürür insanı, bu yüzden bu acı ve sevinçler, küçük küçük değersiz şeylerden oluşmuş muazzam bir sisle sarılı gözükürler. Evet, işte hayat dediğin bir sis olup olacağı."

Hayat bir sis mi, olup olacağı.

Peki ya gölgeleri sularda salınan çınar ağaçları, o gemiler, içimdeki o huzur, o huzurun altına saklanmış özlem, özlemin yanında duran keder, onların arasından aniden kopuveren kahkaha, umutlarım?..

Tanrının rüyası mı bütün bunlar?

Öyleyse eğer tanrım, bırak beni rüyanda dolaşayım.

Sen de benim rüyamda dolaşıyorsun çünkü.

Eleni ve Küçük Gelin

Bu size anlatacağım gerçek bir hikâye.

Ağaçların kendi gölgeleriyle yalnızlaştığı, gökyüzünün eflatuniye döndüğü bir akşam vakti, sessiz bir ormanın kıyısında güzel bir büyücü gibi hiç yaşlanmadan yaşayan mavi gözlü bir kadından dinledim.

Babası, daha doğduğunda kızına duyduğu hayranlıktan olsa gerek adını İnci koymuş.

Çocukluğu, yazarların, sanatçıların, şairlerin; gençliği, çevresinde kümelenen hayran bir erkek kalabalığının arasında geçmiş İnci Hanım'ın. Yirmi yaşlarında eski bir Osmanlı ailesinin oğluyla evlenmiş.

Kayınpederi, Cumhuriyet'in ünlü "vekillerinden" biriymiş, o sıralarda seksen yaşını sürüyormuş, garip tabiatlı, insanlara biraz yabancı bir adammış, her çarşamba akşamı evden çıkar, kimsenin bilmediği birileriyle buluşurmuş.

Evlendiklerinden yaklaşık iki yıl sonra birgün telefon çalmış. Kayınpederi kırık bir sesle, "Küçük gelin" demiş.

— Ben Beyoğlu'nda Markiz'deyim, buraya gelebilir misin?

— Tabii efendim.

— Ama seni aradığımı kimseye, kocana bile söyleme.

— Peki efendim.

Hazırlanıp Beyoğlu'na gitmiş.

O gittiğinde, kayınpederi, duvarlarında dört mevsimi

resmeden büyük tabloların bulunduğu Markiz'in küçük yuvarlak masalarından birinde oturmuş, konyak içiyormuş. Kederli bir hali varmış. Bir zaman sessizce oturmuşlar. İnci Hanım, kayınpederinin ne söyleyeceğini tedirgin bir şekilde bekliyormuş.

— Bu anlatacaklarım tamamiyle aramızda kalacak.

İnci Hanım başını sallamış. Ve kayınpederi anlatmaya başlamış. Gençliğinde bir Rum kızı sevmiş, adı Eleni'ymiş. Kız da onu çok sevmiş. Uzun süren bir aşk yaşamışlar. Ama daha sonra, oğullarının bir Rum kızıyla olmasını istemeyen ailenin baskısı başlamış.

Baskılara dayanamayıp ayrılmışlar. Kayınpeder, bir başka kızla evlenmiş. Eleni'yi unutmaya çalışmış. Aradan yıllar geçmiş. Birgün çalıştığı yere bir kadın gelmiş, odasına girip karşısında durmuş.

Gelen Eleni'ymiş. Heyecanla, pişmanlıkla, unutmaya çalıştıkları acıyı yeniden hatırlayarak bakmışlar birbirlerine.

— Ben evlendim, demiş Eleni.

Kayınpeder sesini çıkarmamış. Eleni devam etmiş.

— Ama seni unutamadım.

Kayınpeder, ne söyleyeceğini bilememiş.

— Seni görmeden yaşayamayacağım, demiş Eleni, seni görmek zorundayım.

Hikâyenin burasında, kayınpeder, "küçük gelin" dediği İnci Hanım'ın yüzüne bakmadan kendine bir konyak daha söylemiş, konuşmadan beklemişler. Konyağı geldikten sonra kayınpeder devam etmiş.

— Ondan sonra her çarşamba akşamı Eleni'nin evine gitmeye başladım.

Eleni, kocası ve kayınpeder çarşamba akşamları birlikte oturup içki içiyorlarmış. Sohbet ediyorlarmış. Başka hiçbir şey yapmıyorlarmış. Bir kez bile gizlice buluşmamışlar. Birbirlerine dokunmamışlar.

Sadece konuşmuşlar. Birbirlerine bakmışlar. Karısının, bu erkeği görmeden yaşayamayacağını anlayan Eleni'nin kocası, bu bitmeyen aşkın bir tanığı, hattâ yardımcısı olmayı kabul etmiş. Kayınpeder ise karısına hiçbir şey anlatmamış. Yalnızca, çarşamba akşamları gideceğini ve arkadaşlarıyla buluşacağını söylemiş ve bu konuda hiçbir itirazı kabul etmemiş. Yıllarca devam etmiş çarşamba buluşmaları. İki kişilik bir aşkı, üç kişilik bir sır olarak yaşamışlar.

Kayınpeder, Markiz'in pencerelerine çarpan yağmura bakarak, "Dün gece gene gittim" demiş.

— Evde kimse yoktu, kapıyı kimse açmadı.

Sonra kederle eklemiş.

— Eleni pazartesi günü ölmüş.

Orman kararmaya başlamış, ağaçların tepelerinde, çekilmekte olan güneşin solgun yaldızları kalmıştı.

Ben de o zaman kendime bir konyak istedim, dedi İnci Hanım. Sonra ağaçlara bakarak ekledi:

— Ağladım, çok ağladım.

Bunu söyledikten sonra sustu. Gözlerinden yayılan mavi ışığın içinde sessizce kayboldu. Ben bir şey söylemedim. Kararan ağaçlara baktım. Gece, ormanı ve bizi yalnızlaştırarak çöktü.

Bir Orman Gölü Gibi İnsan...

"Annesinin toprağa verildiği 29 Haziran gününün akşamı, boş evinin yalnızlığına daha fazla katlanamayarak dışarı çıktı ve içgüdüsel olarak Toulouse Konağı'nın çevresinde gezinmeye başladı. Sık sık yaptığı gibi. Pencerelerde ışık vardı. Mösyö Foucher eğlence düzenlemişti, evde bir balo veriliyordu. Victor insanları tanıyordu, ikinci kata çıktı, vasistası balo salonuna bakan boş bir odaya girdi ve oradan dans eden ve gülen Adèle'i görebildi.

"Daha sonra Adèle, gerçeğin kendisinden saklanmış olduğunu kanıtladı Victor'a ve eğer varlığından haberi olmuş olsaydı, her şeyi hiçe sayıp hiçbir şeye aldırmadan, onunla ağlamak için yanına koşacağını belirtti. Ama o an için, bu yeni darbe Victor'u yıktı. Gerçek miydi bu? Mümkün olabilir miydi? Adèle onu böylesine unutmuştu ha... Adèle artık kendisini sevmiyordu demek ki."

Genç Victor'un, annesinin öldüğü gece sevgilisi Adèle'i dans ederken gördüğünü anlatan satırları bir romanda okuduğunuzda, bu ilişkinin nasıl gelişeceğini düşünürsünüz; mutlu bir birlikteliğin bir işareti olarak mı, yoksa bir mutsuzluğun ilk işareti olarak mı görürsünüz olanları?

Ben, küçük bir buluta bakarak gelmekte olan fırtınayı sezen ihtiyar bir denizci gibi bu satırlarda talihsiz bir hayatın belirtilerini görürdüm.

Belki de, Victor Hugo'nun sevgilisi Adèle'e çok genç yaşlarda yazdığı mektupların toplandığı *Nişanlıya Mektuplar* kitabından alınan bu satırların bana fırtınayı sezdirmesinin nedeni, hikâyenin devamını bilmemdendir.

Çok genç yaşlarda şöhrete ulaşan, şiirleri, piyesleri, romanları ve siyasi kavgalarıyla edebiyatın tanrıları katına yerleşen Victor Hugo, henüz çocukken âşık olduğu ve neredeyse çılgınca kıskandığı olağanüstü güzel Adèle'le evlendi daha sonra.

Ölümle eğlencenin, acıyla aldırmazlığın, kederle neşenin bir arada ortaya çıktığı o gecenin uğursuz bulutu, ne yazık ki onların hayatında uzun sürecek bir karanlığın başlangıcı oldu.

Evlendikten sekiz yıl sonra, Adèle, Hugo'nun en yakın arkadaşı ve *Pazartesi Yazıları*'yla Fransız edebiyatında kendine çok önemli bir yer kazanan eleştirmen Sainte-Beuve'le ilişki kurdu.

Victor, zor durumda olan arkadaşına evini açmış, ona bir oda vermişti.

Birgün eve geldiğinde karısını en yakın arkadaşıyla sevişirken buldu.

Karısından ayrılmadı.

Ama iki yıl sonra, "L'ucrece Borgia" isimli piyesinde oynayan Juliette Drouet'ye âşık oldu ve Juliette'in ölümüne kadar çok uzun yıllar sürecek bir ilişki başladı aralarında.

Victor'la Adèle'in, büyük bir aşkın üstüne bina edilmiş evlilikleri de acılar içinde geçti.

Hugo, piyeslerini sevgilisi için yazdı.

Bana, Victor'un annesinin öldüğü gece Adèle'in baloda dans etmesinin, kıskançlıklarla, başkalarına duyulan aşklarla, yasak sevişmelerle parçalanmış bir ilişkinin işareti olarak görünmesi, küçük bir bulutun gerçekten büyük bir fırtınayı tecrübeli gözlere haber vermesinden mi, benim büyük sarsıntılara giden yoldaki maceranın haritasını çizen küçük işaretlere inanmamdan mı, yoksa biri ölüm döşeğinde yatan annesinin başında kederle beklerken diğeri eğlenebilen iki insanın ilişkisinden mutluluğun çıkmasının gerçekten imkânsız olmasından mı?

Doğrusunu isterseniz, bana en doğru ihtimal, üçüncüsüymüş gibi geliyor.

Bencilliklerden, öfkelerden, kıskançlıklardan, tutkulardan oluşan aşkın yarattığı kasırganın içinden geçerken çevremizi sarıp, bizi ırgalayan o kabarmış dalgaların arasına düşüp kaybolma korkusuyla herkes bir yere, bir şeye tutunma ihtiyacı duyuyor; tutunabileceğimiz iki direk var, biri kendimiz, biri sevdiğimiz.

Kaçımız, endişelerle, korkularla, kuşkularla, kıskançlıklarla, mutluluk hayalleri ve mutsuzluk ihtimalleriyle çalkalanırken kendimize, kaçımız sevdiğimize tutunuruz.

Sanırım çok azımız sevdiğimize, çoğumuz ise kendimize sarılırız.

Niye kendimize sarıldığımızın cevabını az çok biliyoruz.

Aşktan ne kadar çok söz edersek edelim, aynı ölüm gibi, aşka da hiçbirimiz hazır olamıyoruz, onunla karşılaştığımızda ilk büyük titreyiş ve coşkuyla birlikte tedirginliği, şaşkınlığı, zaman zaman dehşeti, acıyı, endişeyi, incinmeyi, bir başkasını kendisinden çok sevmeyi şiddetle yadırgayıp ayaklanan gururu da hissediyoruz, o depremde en iyi tanıdığımız, en güvendiğimiz ve kaybetmekten en çok korktuğumuza, kendimize sarılıyoruz.

Hugo'nun, hayatla, aşkla, acıyla örülmüş bir kırbaçla kırbaçlandıktan sonra yazdığı "Ormanda Uyuyan Göllerde Olduğu Gibi" isimli bir şiiri var.

Ormanda uyuyan göllerde olduğu gibi
İki şeyle doludur çoğu insanın kalbi:
Gökyüzü ve onun bulutları, ışıkları,
Türlü renklerle boyar kıpır kıpır suları,
Ve çamur, derin karanlık, uyuşuk, kasvetli,
Kirli sürüngenlerin sinsice gezindiği.

Ormanda uyuyan göller gibi ruhumuz dipten gelen dalgalarla kabardığında gökyüzünün ışıkları, karanlık, kasvetli, içinde sürüngenlerin dolaştığı çamurla karışır, kendimize sarıldıkça, bir göl yatağı gibi kendi karanlık çamurlarımıza da bulanır, hattâ bazen çirkinleşebiliriz, bencilleşebiliriz, kendimizi ve duygularımızı lekeleyebiliriz.

Bir aşkın içinden, kendine sarılıp da örselenmeden, lekelenmeden, daha sonra pişman olacağı şeyler yapmadan çıkabilen çok az insan vardır.

Peki, o şiddetli altüst oluşta kendine değil de sevdiğine sarılanlar, kendi yatağını sakin tutup karanlık çamurlarıyla sürüngelerini oldukları yerde, derinliklerde tutabilenler bunu nasıl yapıyorlar?

Bunu gerçekleştirmek için ne yapmalı?

Birçok insan, "Sevdiğine güvenmek" diyecek sanırım, "Ona korkmadan sarılacak kadar güvenebilmek."

O sarsıntının, sarsılışın, kasırgalı depremin tam da orta yerinde, bütün bunları yaratan insana güvenebilmek mümkün mü, sevildiğinden kuşkuya düşmez misin, kuşkuya düştüğünde bunun yarattığı çatlaktan güvensizlikler, telaşlar, kaygılar gelmez mi?

Hem âşık olduğumuz hem de güvenemediğimiz biriyle içine girdiğimiz o mahşerden nasıl ona sarılarak çıkacağız, bunu sağlayacak mucize ne?

Galiba, onu ne olursa olsun kaybetmeye dayanamamak, bazen kendimizi kaybetmek pahasına ona sahip olmayı isteyecek kadar onu değerli bulmak; karanlıklarımızı karıştıran aşkı, sevdiğimize duyduğumuz hayranlıkla, beğeniyle, sevgiyle, onun biricikliğine olan inançla sarıp sarmalamak, aşkın bazen sığlaşan vahşetini aşkın içinde her zaman bulunmayan duygularla zenginleştirmek.

Ama bunun için, sevdiğimizin, kadın ve erkek olmaktan öte başka değerler taşıdığına inanmak, onu kadın ve erkek olmaktan daha kıymetli görmek gerekiyor; âşık da olsak bir kadının ya da bir erkeğin boşluğu doldurulabilir birgün ama sevdiğimizin boşluğunu dolduracak başka hiç kimse olmadığına gerçekten inandığımızda, aşkımız bu inançla bütünleştiğinde ve bu inanç gerçek olduğunda, o zaman kendimize değil de sevdiğimize sarılmak her şeye rağmen mümkün olur sanırım.

Birini bu kadar değerli bulduğunda, o acı çekerken eğlenemezsin; o, hayatının en önemli dönemeçlerini geçmeye çalışırken başını çeviremezsin, böyle davranmak içinden gelmez; bunu yapmamak gerektiğini bildiğinden değil, başka türlüsünü beceremediğinden öyle davranırsın.

Onun annesinin öldüğünden haberdar olmasan bile, onun annesinin başında beklediğini bilirken baloda gülerek dans edemezsin.

Dans edebiliyorsan, bu bir mutsuzluğun ve kaybedişin işareti olur.

Herkes birine âşık olabilir.

Hepimiz âşık olabiliriz.

Ama kaçımız, asla kaybetmeye dayanamayacağımız, hayran olduğumuz, beğendiğimiz, eksikliğinin hayatımızı aşk bittiğinde bile eksik bırakacağını hissettiğimiz, sadece onu sevmeyi ve onun tarafından sevilmeyi değil, onun hayatının bir parçası olup onu hayatımızın bir parçası yapmak istediğimiz, bütün hayatı onun varlığıyla tartabileceğimize inandığımız birine âşık olabiliriz, kaçımız bu muhteşem şansa ulaşabilir?

Ne yazık ki bunun acıklı bir cevabı var:

Çok azımız.

Ben, hayranlığın, beğeninin, hayatı pahasına istemenin eksikliğini sezdiren minicik işaretlere ve onların bir uğursuzluğu haber verdiğine inanırım.

O gece dans eden Adèle'le, annesinin ölümüne ve sevdiğinin neşesine ağlayan Victor mutlu olamazdı.

Dalgalar kabardığında, karanlık ve kasvetli çamurlar gökyüzünün ışıklarına kaçınılmaz olarak karışacaktı.

Karıştı da.

Hayatın Yüzüne Bak...

Hayat, bir zaman sonra, bizim için bildik, ezberlenmiş, hattâ bütün çekiciliğine rağmen kendini tekrarlamasıyla sıkıcılaşmış, bulanık bir sergüzeşte dönüşür; elimizdeki bu eskimiş, eprimiş, parlaklığını yitirmiş zaman parçasından yeni bir macera yaratamayacağımıza inanırız, geçmişteki hayal kırıklıklarımız gelecekle ilgili hayallerimizi de köreltip soldurur, gizlice küseriz.

Duvara asılmış eski bir fotoğraf olur hayat.

Onda yeni bir şey bulmayacağımıza o kadar eminizdir ki artık dönüp de bakmayız bile ona.

Hayatla ilişkimizin böyle donuklaştığını, beklentilerimizin, umutlarımızın kaybolduğunu sezen Virginia Woolf o yüzden, "Hayatın yüzüne tekrar tekrar bakmamızı" söyler bize.

Kendisini sarsalayan hastalıkları nedeniyle hayata gücenik ve dargın gözlerle de baksa, iyileşemeyeceğine inanıp sessizce kendini sulara bırakıp hayatı terk etse de, kendisini gücendiren hayattan romanlar, hikâyeler ve yeni hayatlar yaratmayı başarmıştır.

Kendisi hayata küserken, insanlara hayatın bir gününden, hattâ bir ânından unutulmaz bir hatıra, binlerce kez okunacak bir roman çıkartılabileceğini göstermiştir.

O bizi darıltan, gücendiren, küstüren hayatın içinde ne sahneler, ne cümleler, ne duygular kıpırdar; değerini kavrayamadığımız nice anı, bize bir şans daha verecek olan geleceğin içinde saklı nice ihtimal bir kez daha onlara bakmamız için bizi bekler.

Hayatın bizim değerimizi bilmediğinden yakınırken aslında hayatın değerini bilmeyenin biz olduğumuzu anlamamız her zaman mümkündür.

Virginia Woolf'un hayatını, onun yazdığı *Mrs. Dalloway* isimli romanla birleştirerek *Saatler* isimli bir roman yazan Cunningham'ın kahramanlarından biri, o değerini bilmediğimiz anlardan birini daha sonra hatırladığında kederle, o ânı "mutluluğun başlangıcı sandığını ama o ânın aslında mutluluğun kendisi olduğunu" düşünür.

O başlangıç ânının devamının gelmemesinden doğan hayal kırıklığı, yıllarca sonra, mutluluğun aslında o an yaşandığını anlamanın yarattığı bir minnettarlığa ve sevince dönüşür.

Kadın, yaşadığı ânın adını yanlış koymuş, o ânı çok umursamayıp ondan sonra gelecek anlarla ilgilenmiş ve epeyce zaman sonra beklediği ânın aslında ona gelmiş an olduğunu anlamıştır.

Hayata tekrar bakmak, ona kaybolmuş bir ânı, kıymeti bilinmemiş bir mutluluğu ve çok az insanın sahip olabildiği bir duyguyu yaşamış olduğunu fark etmenin sevincini getirmiştir.

Mutsuz, sıkıntılı, kezzaplı bir hayatın içinde bile bazen öylesine ölümsüz bir an vardır ki bütün bir hayatı o anla geçirebilirsiniz.

Zamanın bize bağışladığı anlar içinde en değersiz bulduğumuz an genellikle yaşadığımız andır, kıymeti en az bilinen, bütün anlar içinde en "üvey" olan, kendimize en uzak tuttuğumuz an tam da avucumuzda bulunan o andır.

Onun değerini anlamak için hayata tekrar tekrar bakıp, onu kendine benzer birçok ânın arasından yeniden bulup çıkarmamız gerekir bazen.

Hayata bakın.

Belki de kıymetini bilmediğiniz bir hazine saklı, bir köşesinde.

Belki de size verilenin ne olduğunu, size verildiğinde anlamadınız.

Belki de size verilecek olanın ne olduğunu, hayata iyi bakmadığınız için göremiyorsunuz.

Saatler romanının hasta şairi, kendisini bir pencere pervazından aşağıya, kaldırımda kendisini bekleyen ölüme bırakmadan önce bütün hayatını bir daha değerlendirirken kendisine kucağında bir demet çiçekle bakan kadına:

— Hayata neyle başlarsan başla elinde çok az şey kalıyor. Gurur ve aptallık. Halbuki her şeyi istemiştik, öyle değil mi, der.

Gurur ve aptallık.

Hayattan elimizde kalan bu mu?

Bazen, evet...

Her şeyi isteyen bir kibirle hayata yaklaşıp bize verilenleri şımarıkça reddettiğimizde, evet, elimizde kalan budur, gurur ve aptallık.

Hayatı solduran, bizi kederlendiren hep aynı şey, kendi açgözlü şımarıklığımız.

Kendi aldırmazlığımız.

Yaşadığımız ânın bir başlangıç olduğunu, daha iyilerinin de geleceğini düşünmek, daha iyileri için elimizdekini arsız bir çocuk gibi yerlere atmak, onu toza toprağa bulayıp yok etmek.

Zamanın karmaşık bir yumak gibi elimizde olduğunu, onu yaşadığımız her ânın ipliğini çekerek yaşayabileceğimizi, kıymetini bilmediğimiz bir ânın daha sonraki anları karmakarışık edeceğini bilmemek.

Ama hayata tekrar tekrar bakmak gerekir.

Hep yeni bir an gelecektir.

Geçmişte kaybolduğu için üzüldüğünüz âna benzer bir tane daha çıkacaktır belki yumaktan.

Kaybedilmiş duygular, bütün bir hayata rengini verebilecek anlar, mutlulukla mutsuzluk arasında gidip gelen o cılız, incecik bağlar belki de yumağın içinde hâlâ saklıdır.

Kaç kez, yaşadığımız ânın değerini bilmediğimiz için geleceği reddetmişizdir, kaç kez kıymetini anlayamadığımız bir anda yaşadığımızdan çok parlak olabilecek bir geleceği elimizden kaçırmışızdır.

Değerini bilmediğimiz her an bizi bir başka hayatı yaşamaya mahkûm eder.

Hayata iyi bakmadığımız için o anların ne anlama geldiğini fark edememişizdir.

Sonra da kaybettiğimize yandığımız için geçmişe ve geleceğe körleşmiş, hayatı eski bir resim gibi duvara asmış, onu öldürüp soldurmuş ve ona küsmüşüzdür.

Zamanın altın ilmekleri kurumuş avuçlarımızda tozlanıp küflenerek çürümüştür.

Romanda Woolf, kocasına, "Hayatın yüzüne bak Leonard" der, "Her zaman hayatın yüzüne bak. Ne olduğunu bilebilmek için, sonunu bilebilmek için, onu olduğu gibi sevebilmek için hayatın yüzüne bak."

Hayatın yüzüne bak.

Hayatın yüzü, yaşadığın anda saklı. Hayatın yüzü, geçmişteki o unutulmuş anda saklı. Hayatın yüzü, gelecekteki sırda saklı.

"Mükemmelliğini, vaat ettiği geleceğe" borçlu anlar vardır ama asıl mükemmel olan anlar size geleceği unutturacak kadar muhteşem olanlardır ve onların mükemmelliğini kavramak için onlara iyi bakmanız, o ânın yüzünü görmeniz gerekir.

İki kişinin içine birlikte girip bütün varlıklarını paylaşabildikleri tek bir an bile bütün hayat boyunca hatırlanmaya değecek kadar parlaklık katar yaşadıklarınıza.

O anları atmayın.

Belli olmaz, değerini bilmediğiniz bir anla kaybettiğiniz bir gelecek, belki de değerini bileceğiniz bir başka anla size bağışlanacaktır.

Bir tanrı kadar zalim olabildiği gibi bir tanrı kadar da bağışlayıcı olabilir hayat, bir tanrı kadar hoyrat olabildiği gibi bir tanrı kadar da cömert olabilir.

Woolf, intihara giderken kocasına yazdığı mektubu şöyle bitirir:

"Bizden daha fazla mutlu olabilecek iki insan yoktur."

Bunun kıymetini bilemediği için çekmiştir belki onca acıyı.

Ama bunu bir kez bile söyleyebileceğiniz birini bulmuşsanız, bunu bir kere bile hissedebilmişseniz, zamanın altın ilmeklerinden birini tutmuşsunuz demektir.

Onu soldurmayın.

Ve gücenmeyin hayata.

Yüzüne bakın.

Orada belki de "kaybolmuş geleceği" yeniden yaratacak olan o unutulmaz cümleyi göreceksiniz.

"Bizden daha fazla mutlu olabilecek iki insan yoktur."

Tanrı, Kumandanlar ve Memeler

Ben bir tanrıya iman edeceksem, kiraz ağaçlarını ve kadın memelerini yarattığı için iman ederim.

Ben bir memleketi seveceksem, generalleriyle dalga geçilebildiği için severim.

Kendi yarattığı kadınları örtülere ve evlere hapseden tanrılarla, savaşları çok ciddiye alan memleketlerle pek ilgim yok benim.

"Bak çocuğum, şu benim yarattığım memelere, bacaklara, kalçalara bak, şu salıntılı yürüyüşlere bak evladım" diyen bir tanrıyla dostum.

Arada bir başımı okşamalı benim tanrım, "İşini elinden geldiğince iyi yap, sonra da hayatın alabildiğine tadını çıkar" demeli, dostça uyarmalı beni, "İyi yaşa, öbür tarafta neler olacağı hiç belli değil."

Böyle bir tanrı var.

Ben çalışırken başımı okşuyor.

Ben gezerken, önüme sahiller dolusu bronzlaşmış memeler, biçimli bacaklar, sıcak gülümsemeler çıkartıyor, "Bak" diyor, "bak neler yaratmaya kadirim."

Tapıyorum ben o tanrıya.

Sonra memleketler var.

Generalleriyle dalga geçen memleketler.

Bir karikatür çiziyorlar, üç karelik bir karikatür.

Kahkahalarla güldürüyorlar beni.

Birinci karede, siperde yatmış askerler görülüyor, başlarında generalleriyle bekliyorlar.

İkinci karede komutanları, elinde kılıcıyla siperden fırlayıp, "Hücum!" diye bağırıyor.

Üçüncü karede, ileri fırlamış komutanlarını siperdeki yerlerinden bir milim bile kıpırdamayan askerler, "Bravo!" diye bağırarak alkışlıyorlar.

Dördüncü karede ben gülüyorum.

Kiraz ağaçlarının ve kadın memelerinin arasında geziyor ve tanrıya tapıyorum.

Generalleriyle dalga geçen memleketlerde dolaşıyor ve o memleketleri seviyorum.

Bir kiraz ağacıyla bir kadın memesine, onların değerini bilmeyen her memleketi satmaya hazırım.

Sat diyor zaten benim tanrım, "Kadın memelerine bakmayan ve generallerini çok ciddiye alan memleketleri sat gitsin, ilgilenme onlarla, ben sana yalnızca bir memleket değil, koca bir dünya verdim, onu sev, ben sana senin zevklerini, kahkahanı paylaşan yeryüzünün her yanına dağılmış kardeşler verdim, onlarla eğlen."

İyi bir tanrı benim tanrım.

Çok geniş bir memleket benim memleketim.

Kiraz ağaçları ve kadın memeleri bizim iman ettiğimiz mucizeler.

Generaller bizim güldüğümüz karikatürler.

Ve Praksiteles, tanrımızın bize verdiği en muhteşem heykeltraş.

Onun yaptığı heykeli, Romalı Plinius, "dünyanın en güzel heykeli" ilan etmişti. Praksiteles, Atinalı bir heykeltraştı.

Birgün ressam bir arkadaşıyla Datça yakınlarındaki Knidos'ta bir akşam vakti, sahilin kuytu bir yerinde içkisini içip sanattan konuşuyordu.

Tepedeki manastırdan rahibelerin indiğini gördüler.

Rahibeler sahile gelip elbiseleriyle denize girdiler, biraz serinlemek için.

Aralarından yalnızca biri çırılçıplak soyundu.

Genç kadının vücudunu gören Praksiteles hemen o anda o vücudun heykelini yapmadan yaşayamayacağını hissetti.

Ertesi gün manastıra gidip başrahibeden genç rahibenin heykelini yapmak için izin istedi. "Biz karışmayız" dedi başrahibe, "Kendisine bir sorun, kabul ederse heykelini yapabilirsiniz."

Heyecanlı heykeltraş, genç rahibeyi çıplak heykeli için poz vermeye ikna etti.

Heykeli yaparken kızın hikâyesini de öğrendi.

Genç kız, bir adamı öldürmüştü.

Mahkeme genç kızı ölüme mahkûm etmişti.

Yargıçlar idam kararını okudukları sırada, genç kızın artık yapılacak hiçbir şey kalmadığını gören avukatı birden ortaya fırlamış, genç kızın yanına gidip, üstündeki elbiseleri yırtıp, kızın çıplak bedenini yargıçlara göstermişti.

"Bu memeleri yok etmeye razı olacak mısınız?"

Genç kızın memelerini gören yargıçlar yeniden toplantıya çekilmişler ve o güzel memelere kıyamadıkları için idam kararını değiştirip kızı bir manastırda yaşamaya mahkûm etmişlerdi.

Praksiteles, "hayat kurtaran" o vücudun heykelini yaptı.

Adını, "Knidos Afroditi" koydu.

Heykeli daha sonra Bizanslılar İstanbul'a getirip Beyazıt'ta kızlar sarayının önüne diktiler ama büyük bir yangında heykel parçalandı. Allahtan bu heykelin yüzlerce kopyası yapılmıştı ve tanrının yarattığı en güzel memelerden birinin mermere düşen izi günümüze kadar geldi.

Eğer o heykeli görmediyseniz, tanrıyı ve onun neler yaratabileceğini çok ciddiye almıyorsunuz demektir ve benim tanrım kendisinin ve yarattıklarının ciddiye alınmamasından hoşlanmaz.

Bilir ki, kendisini ve yarattıklarını önemsemeyenler, generalleri çok ciddiye alırlar ve onun yarattığı memelere değil, generallerin sözlerine bakarlar.

Ben onlardan değilim.

Ben, "Hücum!" diye bağıran generallerini yerlerinden kıpırdamadan alkışlayan askerlere güler, kiraz ağaçlarıyla kadın memelerini yaratan tanrıya tapar, Praksiteles'in heykelini uzun uzun seyrederim.

Eğlenirim ben, hayattan ve çalışmaktan zevk alırım.

Sizin ciddiye aldıklarınıza güler, sizin sakladıklarınıza hiç doymayan bir açgözlülükle bakarım.

Bana ve benim gibi olanlara hoşgörülü davranan iyi bir tanrım, adına dünya dedikleri büyük bir memleketim, kahkahalarım ve eğlencelerim var.

Bizim memleketimizde Praksiteles'ler, Knidoslu Afrodit'ler, güzel memeli kadınları affeden yargıçlar, "Hücum!" diye bağıran generalleri alkışlayan askerler yaşar.

Kiraz ağaçlarını ve kadın memelerini yaratan tanrı, çalışırken bizim başımızı okşar.

Ve, biz ona iman edip, "Hücum!" diye bağıran kumandanlara güleriz.

Aşk İksiri...

Güneş battıktan sonra büyücü, kentin dışında dolaşmaya çıkmış, ıssız yollarda dolaşırken bir ağlama sesi duymuş.

Çevresine bakınmış ama kimseyi görememiş.

Ağlama sesi biraz daha yükselince, "Kim var orada?" diye bağırmış.

Sesin sahilden geldiğini anlayınca deniz kıyısına inmiş, orada "yıldızların solgun ışığı altında yatan" olağanüstü güzellikte bir denizkızı bulmuş.

Denizkızı, "Sen o sarı sokakta oturan büyücü değil misin?" deyince, "Evet, o benim" demiş, "Bir şey mi istiyorsun?"

Bunun üzerine denizkızı, sevdiği gence kavuşabilmesi için bir "aşk iksiri" hazırlasın diye yalvarmış büyücüye.

"Sana bir inci kolye veririm eğer bu iksiri hazırlarsan" demiş, "O kadar uzun bir kolye olur ki, sekiz defa boynuna dolayabilirsin."

Büyücü bu teklifi kabul etmiş.

Koşarak evine gitmiş, hemen iksiri hazırlamış, onu küçük bir şişeye koymuş.

Gece yarısı sahile dönüp orada kendisini bekleyen denizkızına iksiri vermiş.

Denizkızı, "Yarın gece buraya gel ödülünü almaya" demiş.

Ertesi gece aynı yere gitmiş büyücü.

Oturup beklemeye başlamış.

Biraz sonra denizkızı gülerek gelmiş, ağır bir inci kolyeyi büyücünün önüne bırakmış.

Denizkızının kollarında, "saçları dalgaların etkisiyle suda yüzen" çok yakışıklı ölü bir denizci varmış, denizkızı denizcinin cesedini göğsüne bastırıp bir çocuk gibi sallıyormuş.

Büyücü kendini lanetleyerek ağlarken denizkızı, sevdiği denizciyle birlikte dalgaların arasında kaybolmuş.

Bu, ünlü Alman yazarı Hermann Hesse'nin çok bilinen "Cüce" hikâyesinde anlatılan masallardan biri.

Beni, hikâyenin kendisinden daha çok etkileyen bir masal.

Neden birçok edebiyat parçasında aşk gibi neredeyse sihirli bir anlam kazanmış bir duygu anlatılırken, o duygunun çekiciliğine ilk bakışta hiç de uygun düşmeyen böyle şaşırtıcı davranışlardan söz edilir?

Niye Oscar Wilde, "İnsan sevdiğini öldürür" der?

Wilde'a göre bunu bazen kılıçla yaparız, bazen bir sözle.

İki ünlü yazarın "aşk"la başlayan anlatımı da bir yokoluşla tamamlanıyor.

Ama insan her zaman sevdiğini yok etmiyor, bazen de sevdiği için kendini yok ediyor.

Bunu anlatan hikâyeler de var.

Nedir bu, aşkla yokoluş arasındaki ilişki?

Doğa için deprem neyse aşk da bizim için o mu acaba?

Aşk denilen o şiddetli duygu ortaya çıktığında, yarattığı muhteşem arzuyla bütün dünyamızı sarsarak, bu arzuya uymayan, karşı çıkan her şeyi yıkıyor mu?

Tek kişiden oluşan doğamızı iki kişilik yeni bir yapıya çevirmeye çalışırken, varlığımızı bir başka insanın ruhuyla ve bedeniyle çoğaltmak isterken başlayan büyük sarsıntı, bir kere başladıktan sonra artık, bütün engelleri ortadan kaldırmadan durmuyor mu?

Eğer istediğimiz şaheser uyumu, o olağanüstü mutluluğu ve birlikteliği yaratmaya engel olanın sevdiğimiz insan olduğuna, sevdiğimizin bizi mutlu etmeye, bizimle tek bir arzu içinde erimeye razı gelmediğine inandığımızda, onu yıkıp parçalayarak arzularımıza uygun bir hale mi getirmek istiyoruz?

Onu yıkamadığımızda, yıkılacak tek engel olarak kendimizi mi görüyoruz?

Yıkmak için kendimize mi saldırıyoruz o zaman?

Aşk, içinde Zümrüdüanka kuşlarının, tuba ağaçlarının, define adalarının, baldıran zehirlerinin, baharat gemilerinin, parlak renkli mücevherlerin, sarhoş edici meyvelerin, öfkeli volkanların, altın renkli köpüklerinde tanrıların yıkandığı denizlerin bulunduğu esrarlı, bilinmezliklerle dolu, çekici ve ürkütücü bir âlem.

Orada olduğunu biliyoruz ama ne olduğunu bilmiyoruz.

İstediğimiz ve istemediğimiz her şey var orada.

Sanırım, aşkla ilgili kesin olarak söyleyebileceğimiz tek gerçek, bu sihirli alana girdikten sonra büyük bir sarsıntıdan geçeceğimiz.

Bu sarsıntıdan sonra bizim için yeni bir dünya oluşacağı.

Kaçınılmaz olarak bu sarsıntıda bir şeyler yıkılacak, bir kişilik bir dünyadan iki kişilik bir dünyaya geçerken, bu yeni dünyaya uyamayacak birçok alışkanlıklarımızı, bencilliklerimizi, isteklerimizi yok edecek.

Böyle büyük bir altüst oluşu yaşarken yok etmediysek ve yok olmadıysak eğer, elimizde kalanlarla yepyeni, varlığından haberdar bile olmadığımız, heyecanlı olduğu kadar sakin, tedirgin ettiği kadar güven veren, korkuttuğu kadar yatıştıran mutlu bir âlem yaratabileceğiz.

O âleme geçenler, geçmeyenlerin bilemeyeceği duygular yaşayacak.

O kadar mutlu olacaklar ki bazen birçok şeyi kendi istekleriyle feda edecekler.

Hesse'nin masalı kadar gerçeküstü bir dizi izlemiştim bir keresinde.

Çok katı, bencil, çıkarcı, zengin bir işadamı, hayatında karısından, çocuğundan ve parasından başka hiçbir şeyi sevmeden yaşarken birgün bir kaza geçirir, başına çarpan bir vinç onun bütün beyin salgılarını değiştirir.

Mutlu ve iyiliksever bir adam olur.

Çocuğu, fazla iyiliksever olduğu için şirketi iyi yönetemediğini iddia ettiği babasını mahkemeye verir ama bu bile adamı üzmez.

Paralarını kaybeder, buna da aldırmaz.

Karısı kanser olur, o gene gülümser.

Yeniden işleri düzeltmesi, şirketin yönetimini ele geçirmesi için ameliyat olması önerilerini hep reddeder.

Hiçbir şeyin bozamadığı mutluluğundan vazgeçmez.

Çok sevdiği karısı ölür birgün.

Adam, beynindeki değişiklikten dolayı bunu bile gülümseyerek karşılar.

Bir odaya girer tek başına, orada düşünür.

Ve beyin ameliyatı olmaya karar verir.

"Niye?" diye sorarlar.

"Karımın ölümüne ağlayamıyorum, onun acısını hissedemiyorum" der. "Ama ben karım için ağlamak istiyorum, ameliyat olup o acıyı yaşayacağım."

Karısının ölümüne ağlayabilmek için mutluluğunu bir kenara iter.

Çok sevdiğinde, acı çekmemekten bile yaralanabilir insan.

Âşık olduğumuzda, o büyük duygusal deprem ruhumuzu antik Yunan kentleri gibi sallamaya başlayıp sütunlarımızı, kubbelerimizi, kemerlerimizi yıkarak, o yıkıntılardan sevdiğimizi de içine alacak yeni bir kent yaratmak için geldiğinde, mutlu bir varoluşla kederli bir yıkılış aynı anda dikilir önümüze.

Gücümüzü sınar.

Bir aşkı taşıyacak güce ve sağlamlığa ulaşamadıysak, deprem, vaktinden önce geldiyse bizi ya da sevdiğimizi yok eder.

Denizkızı gibi bir "aşk iksiri" isteyip onunla sevdiğimizi öldürürüz.

Dağların devrildiği, ovaların yer değiştirdiği, denizlerin kabardığı bu sarsılıştan geçebildiysek eğer, birken iki olabildiysek, bir başkası ruhumuza katıldıysa ve biz bir başkasının ruhuna katılabildiysek, o zaman, sevdiğimiz için acı çekebilmek uğruna mutluluğumuzdan bile vazgeçebiliriz.

Aşkta gerçeküstü bir şeyler var.

Gerçeği yok edip yeni bir gerçek yaratan bir şeyler.

Masala benzeyen kendi gerçeğinden başka bir gerçeğe tahammül etmez aşk.

O deprem başladığında gerçeklere sarılanlar, sarıldıkları gerçeklerle birlikte yokoluşa kayar, gerçeklerden kopmayı göze alanlar "eldoroda"ya, altın kente ulaşır.

Aşk geldiğinde, ellerinizi açıp, avuçlarınızdaki, sıkı sıkıya tuttuğunuz gerçeklerin akıp gitmesine izin verin.

O, size daha iyisini verecektir.

Ellerinizi açmazsanız yok eder sizi.

Çakıltaşları

Ayrı bir dünyadır o...

Ter, sperm, patiska çarşaf, ucuz parfüm kokularının karışımına belli belirsiz bir çöp kokusunun da karıştığı, yazları tozlu, kışları çamurlu sokaklarında erkeklerin, saldırganlıklarını ve utangaçlıklarını, bazen arsız gülümsemelerin bazen de asık suratların arkasına saklamaya çalışarak hayvan sürüleri gibi dolaştıkları, yarı çıplak kadınların, kendilerini pencerelerin dışından seyreden erkeklere edepsizce laf attıkları, her an bir çığlığın, bir cinayetin beklendiği kerhane mahallelerinden, yaldızlar, aynalar, mermerler, halılarla döşenmiş otel lobilerinin fısıltılı konuşmalarla artan sessizliğinde usulca yapılan pazarlıklara kadar çok değişik mekânlardaki parayla şehvet takasında hep toplumun dışına çıkmanın, çizilmiş sınırları aşmanın, makbul olamayanın parçası haline gelmenin heyecanı ve gerginliği vardır.

Herkesin birbirine muhtaç olduğu ve kimsenin kimseye güvenmediği tuhaf bir pazar yeridir orası ve orada amaçlar, kadın erkek ilişkisinin hiçbir biçiminde olmadığı kadar açık bir şekilde ifade edilir.

Kadın vücudunu, erkek parasını koyar ortaya.

Kendilerini saklayan bir karanlığın içinden çıkar, sevişir ve yeniden karanlıklarına dönüp kaybolurlar, birbirlerinin duygularını, düşüncelerini, hayatlarını bilmezler.

Yüzlerini bile hatırlamazlar belki.

Ben bunun, şu karmakarışık hayatta insan aklının bulduğu bir çözüm olduğunu sanırdım.

Ama geçenlerde okuduğum fevkalade eğlenceli bir haber, bunu insanların değil tanrının yarattığını gösterdi bana.

Bir İngiliz bilimkadını, penguenlerin hayatlarını incelemiş.

Penguenlerin yaşadığı bölgede en zor bulunan şey çakıltaşı.

Ve, yuvalarını yapmak için bu çakıltaşlarını kullanıyorlar.

Dişi penguenler gidip erkeklere kur yapıyorlarmış, ayarttıkları erkeklerle sevişip karşılığında çakıltaşı alıyorlarmış.

Erkekler, seviştikleri dişilere verebilmek için çakıltaşlarını bulup biriktiriyorlarmış.

Bazı dişi penguenler ise pek yosmaymış.

Gidip erkeği azdırıyorlarmış, erkek öylesine etkileniyormuş ki bundan, daha sevişmeden, nasıl olsa sevişeceğiz diye çıkartıp çakıltaşını veriyormuş, dişi de çakıltaşını alıp sevişmeden uzaklaşıyormuş.

Bilimkadını, bir dişi penguenin hiçbir erkekle sevişmeden tam altmış iki çakıltaşı topladığını görmüş.

Bir erkekle birlikte yaşayan bazı dişi penguenler de eşlerini bırakıp, gizlice başka erkeklerle sevişip onlardan çakıltaşı alıyormuş.

İnsanların alışverişinin aynısı, bizde kıymetli olan para, onlarda çakıltaşı.

Roller de aynı.

Çakıltaşlarını toplayan erkek, vücudu karşılığında o çakıltaşlarını erkeğin elinden alan dişi.

Bu tanrısal rol dağılımı, doğanın her parçasında dişi

bedeninin daha kıymetli olduğunu, erkeklerin bir dişiyle sevişebilmek için paralarını, taşlarını, yiyeceklerini verdiğini gösteriyor.

İyi ama neden?

Kadınların buna, "Çünkü erkekler aptal" diye cevap vereceğini tahmin edebiliyorum, doğrusu erkeklerin pek akıllı olduğu da söylenemez.

Ellerindekini dişilere kaptıran erkekler göründükleri kadar aptal olsalar o paraları, çakıltaşlarını, yiyecekleri bulup biriktiremezlerdi, demek tek neden bu değil.

Erkeklerin sevişmeyi kadınlardan daha çok sevmesi mi?

Belli bir yaşa gelen her erkek bunun da gerçeği yansıtmadığını bilir.

Ne o zaman?

Niye bir erkek sevişmek için bir kadına para vermeye hazırdır da kadın sevişmek için para vermediği gibi bir de üstüne para alır?

Tanrı nasıl bir denge kurdu da aptallık erkeklerde orospuluk kadınlarda kaldı?

Acaba hayattan talepleri birbirinden farklı olduğu için mi, rolleri de böyle farklı?

Bir erkek bir kadından sadece vücudunu isterken, kadın bir erkekten vücudunun yanı sıra aşk, şefkat, güven, güç istediği ve erkek bunları vermek yerine para ya da çakıltaşı vermeyi tercih ettiği için mi?

Bunda bir doğruluk payı vardır herhalde ama o vakit, kendisine, güven, güç, şefkat veren bir erkeği varken gidip gizlice başka erkeklerle sevişerek çakıltaşı alan penguenleri nasıl açıklayacağız?

Erkek, istediklerini istediği miktarda veremediğinde mi, dişi gidip başka erkek buluyor?

Dişi sadece aşk, şefkat, güç, güven istemiyor, bunları hep çok miktarda istiyor, bunlar azalınca çakıltaşı turlarına çıkıyor.

Ya da...

Dişi, ne olursa olsun asla erkeğe güvenmiyor, her şartta kendisini, geleceğini ve yavrusunu güvence altına alacak kadar çok çakıltaşı biriktirmeyi amaçlıyor.

Bu mümkün olabilir mi?

Her şeyden daha fazla istediği şey çakıltaşı mı?

Aşkın kavurucu girdaplarında kendini kaybedip çakıltaşlarını unutan dişi, o girdaptan başını çıkardığı anda yeniden güvenliğini, yalnızlığını ve çakıltaşlarını mı hatırlıyor, onu o sarhoşluğun içinde daha fazla tutamadığınızda bu eksikliği çakıltaşlarıyla mı kapatmak zorundasınız?

Bütün bu payeler, başarılar, iktidarlar, güçler, kavgalar, sonunda çakıltaşına çevirip dişilere vermek için erkeklerin biriktirdikleri mi?

Çakıltaşı yoksa, sevişme de yok mu?

Tanrı, yarattıklarına bahşettiği o muhteşem hazzı bir avuç çakıltaşına çevirerek eğleniyor mu acaba yarattıklarıyla?

İçinden başka canlıyı çıkartma yeteneğine sahip olan dişinin içgüdüleri yalnızca yavrusunun güvenliğini sağlamayı mı hedefliyor, bunun için mi kendisini her zaman hayatın içinde öylesine yalnız, güvencesiz ve kimsesiz hissediyor, yanındaki erkeğine inanmıyor, varlığını ve bedenini erkeğine değil de doğurabileceği yavrularına mı armağan etmek istiyor?

Bir erkek bütün ruhunu, bütün bedenini verse de kadının ruhunun bir parçasıyla, bedeninin bir parçası hep geleceğe, beklenen bir yavruya mı ait olacak; bir kadın kendini asla tamamıyla bir erkeğe veremeyecek mi, kadının hiçbir zaman o ânı tam yaşayamayıp hep gelecekle ilgilenmesi, güvence araması, hep erkeğinden gizli bir dünyası olması, onun, geleceğe bağlı bir zincirin parçası olmasından mı?

Yavrusu olsun ya da olmasın, içgüdüleri ve ruhu hep erkeğe biraz uzak ve yabancı mı?

Aslında o çakıltaşlarıyla, bir başkasına, doğacak yavruya ait bir bedeni mi satın alıyor erkek?

Bir yavruya adanmış olmak gibi bir kutsallıkla sarmalanmış kadın bedeni, tam da o kutsal adanmadan dolayı mı orospuluğu keşfediyor?

Kutsallık mı orospuluğu yaratıyor?

Ne garip bir şaka bu!

Kadın bedenini bu kadar kıymetli kılan, onun yaşadığı âna hiçbir zaman bütünüyle ait olamamasından mı kaynaklanıyor?

Eğer öyleyse, hiçbir erkek hiçbir kadına, bütün varlığını o kadına bağışlasa da, tümüyle sahip olamayacak, onu gelecekle, geleceğe ait endişelerle paylaşmak zorunda kalacak, onun sırlarına ulaşamayacak, onun bütün düşüncelerini bilemeyecek, duygularını tam olarak öğrenemeyecek.

Sadece sarılacak ona.

Sevişecek.

Zamanın karmaşasını ruhunda ve bedeninde taşıyan kadının yanında o ânın derinlikten yoksun sığlığını temsil edecek.

Ve çakıltaşlarını verecek.

Huysuz Dâhi...

İpek dokuyan zehirli bir örümcektir, bence bir yazar.

Bütün ömrü, kendine değerli besinler yaratacak olan hayatı, insanları, duyguları, ruhları yakalayacak ağlar örmekle geçer ve bunu bir örümcek gibi amacının farkında bile olmadan sadece doğanın kendine verdiği yetenek ve arzuyla sürekli yapar; muhteşem mimarisine rağmen dayanıksızlığı nedeniyle kirlenip değersizleşen bir ağ ören örümcekten bir yazarı farklı kılan, onun, dayanıklı, renkli, değerli bir ipekten örmesidir ağlarını.

Uzaktan bakanlar için yazar, her ilmiğinde insan ruhundan renkler taşıyan bir ağı ören, hayranlık uyandırıcı bir büyücü, gizemi anlaşılamayan bir tabiat şaheseridir, yakınına sokulanlar içinse o, ağlarına takılan herkesin ve her şeyin iliğini kendi vazgeçilemeyen amacı için emen, o parlak ağa dolananları ağının bir parçası haline getiren, kendinden ve ördüklerinden başka hiçbir şeye aldırmayan zehirli bir yaratıktır.

Uzaktan bakanlar ondaki yaratıcılığın çekici kutsallığını, yakınına sokulanlar o yaratıcının ürkütücülüğünü ve zehirindeki görkemi fark ederler.

Gerçek bir yazar, kendisine uzaktan bakanlarda da, yakınana sokulanlarda da aynı ilgiyi yaratır, ama yakınındakiler kendi hayatlarının kendilerinden çekilip alınmasının acısıyla birlikte, parlak ve kalıcı bir ağın parçası haline dönüşmenin tuhaf lezzetini de tadarlar.

Herhalde en ilginci, arkalarında parparlı ipliklerden dokunmuş görkemli ağlar taşıyan iki zehirli örümceğin, iki yazarın karşılaşması, birbirlerinin yakınına sokulması, birbirlerini izlemesi, dokuduklarının parlaklığını kıyaslamaları ve birbirleri hakkında yargılara varmalarıdır. Yazarlar, yazarlığı kutsal bulmazlar, onları çeken, yazarlığın ürkütücülüğü ve zehiridir. Ne gariptir ki, zehri en fazla olan, en parlak ağı dokur.

Bunu bilirler.

Onun için genellikle bir yazarın büyük bir yazar hakkındaki yargıları çelişkilidir, hayranlıkla küçümsemeyi, bağlılıkla öfkeyi, yüceltmekle aşağılamayı bir arada bulabilirsiniz.

Zweig'ın, hakkında bir kitap yazabilmek için neredeyse on yılını feda ettiği Balzac'la zaman zaman alay etmesi, onun zaaflarıyla eğlenmesi gibi, bir vakit Tolstoy'la yakın olan ve onunla olduğu günlerin notlarını yayımlayan Gorki, "Tanrı gibi bir adam" dediği bu olağanüstü dâhiden bazen "tiksindiğini", "iğrendiğini" de söyler.

Bir aristokrat, bir "barin" olan Tolstoy hakkında bir köylü, bir "mujik" olan Gorki'nin böylesine çelişkili duygular beslemesinin belki birçok nedeni vardır ama Gorki, yazılarındaki o tanrısal ışığı gördüğü yazarın yakıcı zehirini, bir süs gibi taşıdığı kabalığını, yaralayıcı kendini beğenmişliğini de görmüştür.

Dünya edebiyatının en büyüklerinden biri, bazılarına göre birincisi olan Tolstoy, kendi yazdıklarını Homeros'la kıyaslarken Shakespeare, Ibsen, Dostoyevski gibi yazarları bile küçümserdi, kendini beğenmişliğinden dolayı yazarlıkla bile yetinmez, bir peygamber olmaya çalışır, Gorki'nin dediğine göre Tanrı'ya bile direnirdi.

"Onu her şeyden daha çok uğraştıran, açıktan açığa kemiren düşünce, Tanrı düşüncesi. Gerçekte bir düşünce değil de, kendisinden daha yukarılarda duyduğu bir şeye karşı çılgınca bir direnme gibi bir şey bu zaman zaman."

O parlak ağı dokuyabilmek için her yazarın muhtaç olduğu o kendini beğenmişlik zehirinden, en parlak ipeği dokuyan, en fazla payı almıştı, kendinden başka her canlıyı neredeyse yok sayarken, elinde "ölüm" gibi amansız bir gücü tutan, bununla kendisine baş eğdiren "Tanrı'yı" ve onun yüce silahı olan ölümü belki de tek rakibi olarak görürdü.

"Demir çarık, demir asa yeryüzünü dolaşan, bir manastırdan ötekine, bir ermişten ötekine koşan" yersiz yurtsuz gezginlere benzetiyor Gorki, Tolstoy'u: "Ne yeryüzü onlar içindir ne de Tanrı, Tanrı'ya yalvarışları alışkanlıktandır, için için bir öfke duyarlar O'na."

Tanrıyla çekişen, insanları Tanrıdan bile iyi tanıyıp ondan bile iyi anlatmaya uğraşan, *Anna Karenina* romanıyla kadın ruhunun en derinlerine inanılmaz bir incelikle nüfuz edebilen Tolstoy'un kadınlar hakkındaki konuşmaları ise Gorki'yi "iğrendirecek" kadar kabadır, gençliğinde çok uçarı olduğunu söylerken, bir köylüyü bile irkiltecek açık saçık sözcükleri kullanmaktan hiç çekinmez.

Kendi yüceliğinden emin olanların o aldırmaz kabalığıdır onunki, karşısındakileri şaşırtmak, başkasının değdiğinde kirleneceği sözcüklerin ona dokunamayacağını, kirletemeyeceğini göstermek, belki de yüz yüze olduğu insanları, yüceliği karşısında ezilmekten kurtarmak için kullanır bunu.

Ama buna kanmamak gerekir, eğer onun konuşma üslûbunu onun karşısında benimsemek gafletine düşerseniz, karşınızda bir "barinin" soğuk ve yaralayıcı yüzünü görürsünüz.

Tolstoy'un özellikle kadınlar hakkındaki konuşmaları rahatsız etmişti Gorki'yi, "Ağza alınmayacak kaba şeylerdi söyledikleri, sözlerinde bir yapmacıklık, içtenlikten yoksunluk sezilirdi, çok da kişisel şeylerdi üstelik. Bir kez incinmişti de sanki, ne unutabiliyor, ne bağışlayabiliyordu."

Gorki'nin belki o zamanlar bilmediği, Tolstoy'un bir kereden de fazla incindiğiydi, karısıyla bir "erkek-kadın cehenneminde" yaşamıştı, birbirlerini defalarca yaralamışlardı, Kontes Tolstoy, kızının piyano hocasına âşık olup onunla ilişkiye girmişti ama birbirlerinden kopamamışlardı, zaman zaman birbirlerinden nefret de etmişlerdi ama *Anna Karenina*'nın yazılışında Kontes'in, kocasına yardım ettiğini düşünmüştü herkes, zaten Tolstoy'un yazdıklarını temize çeken de her zaman karısıydı.

Kocasının yazarkenki inceliğiyle yaşarkenki kabalığı karşısında şaşıran, örümceğin zehiriyle zehirlenen ama bu arada örümceği de zehirleyip yaralayan kadın sonunda kocasının "yazarken bildiklerini yaşarken bilmediğine" karar vermişti.

Birçok yazar gibi Tolstoy da kendisine yaklaşanları, ağlarına dolananları şaşırtıyordu; ona, Tolstoy'u bulmak, onunla konuşmak için geliyorlar, onun yerine kendini beğenmiş, kaba, küçümseyici bir "barin" buluyorlardı; Kont Tolstoy, yazar Tolstoy'u, değerli, örümceğini neredeyse herkesten, hattâ belki kendinden bile kıskançlıkla gizliyor, kimsenin onu görmesine izin vermiyor, onun tanrısal sesini ölümlü kulaklara duyurmuyordu.

Bir aristokrat olduğunu saklayan basit köylü giysileriyle dolaşması gibi, bir dehâyı içinde taşıyan ruhunu da sıradan, kaba konuşmalarla saklıyordu.

Ama nasıl basit giysiler onun "barin"liğini yok etmiyorsa, basit konuşmalar da onun dehâsını yok edemiyor, o basitliğin içinden zaman zaman dinleyenin bütün zihnini, hattâ hayatını altüst edecek cümleler ve yargılar çıkıyordu.

Taşıdığı ağır yükü hafifletmeye çalışan, onu taşımasına yardım eden garip bir çocuksuluğu da vardı, bir keresinde Gorki'yle ormanda dolaşırken bir tavşan hızla fırlayıvermişti ayaklarının arasından, "Lev Nikolayeviç birden heyecanlandı, yüzü ışıdı, gerçek bir eski sporcu gibi sevinçle haykırdı. Sonra garip, küçük bir gülümseyişle bana baktı, duygulu, insancıl bir kahkaha koyverdi. O anda olağanüstü bir sevimliliği vardı."

Gorki, onun, pis suların içine devrilmiş sarhoş bir kadının yanında durup onu ayıltmak için, "Anne, anne!" diye bağıran bir çocuğu anlatırken ağladığını da görmüştü; Tolstoy utanıp, "Yaşlı bir adamım ben. Korkunç bir şeyi anımsamak yüreğime işliyor" dedikten sonra eklemişti, "Sen de birgün kendi yaşamını sürmüş, tüketmiş olacaksın, her şey tıpkı eskisi gibi duracak, işte o zaman sen de benim gibi, benden daha kötü ağlayacaksın."

Bütün hayatı ipekler dokuyan zehirli bir örümcek gibi geçti, kimse, hattâ belki kendisi bile gerçek yüzünü göremedi, ağladığını, güldüğünü, kabalaştığını, inceliğini, çevresindekileri zaman zaman umarsız mutsuzluklara sürüklediğini, bazen bir cümleyle mutluluklar yarattığını, olağanüstü kitaplar yazdığını ve bütün bunların altından güçlü bir ışığın saklanamaz bir biçimde ışıdığını gördüler ama onun bütününe ulaşıp onun bütününe sahip olamadılar.

Gorki küçük bulutların olduğu güneşli birgün Tolstoyların evine doğru yürürken ona, tek başına deniz kenarında oturmuş, denize bakarken rastlamıştı; görünümünde etkileyici, tanrısal bir şeyler sezmişti.

"Birden çılgınca bir duygulanmayla, ayağa kalkarak el sallayacağını, sallar sallamaz da denizin cam gibi kaskatı kesileceğini, taşların kımıldamaya, bağırmaya başlayacağını, çevresindeki her şeyin canlanıp bir ses kazanacağını düşündüm. O anda düşündüklerimi değil ama duyduklarımı sözle anlatamam, ruhumda kıvançla korku vardı, böylece her şey tek bir mutlu düşüncede kaynaşmıştı: Bu adam yaşadığı sürece öksüz sayılmam yeryüzünde."

Sanırım bütün büyük yazarlar, zehirlerine, kötülüklerine, bencilliklerine, melanetlerine rağmen sonunda herkese Gorki'nin hissettiği mutluluğu duyumsatırlar:

O yaşadığı sürece ben öksüz sayılmam.

Suyun Taşa Dönüştüğü An...

Kar, hayatın yüzüne örtülen ipek bir duvak gibi usulca beni sarmalayıp içine alıyor, yürüdüğüm sahil boyu gibi beni de ıssızlaştırıyordu.

Sessizdi.

Sakindi.

Yüzüme dokunan küçük taneler bıyıklarımda, sakallarımda birikiyordu.

Her adımda biraz daha beyazlaşarak, her adımda biraz daha hayatın dağdağasından uzaklaşarak, her adımda biraz daha unutarak yürüyordum.

Sükûnet şefkatliydi.

Beni yatıştırıyor, sakinleştiriyor, hep kendimle gezdirdiğim huzursuzluğumu dindiriyordu.

Karlara karıştığımı hissediyordum.

İnsanlara ait bende ne varsa onları insanlara bırakıp, geldiğim yere, o meçhul ıssızlığa dönüyordum, içim karlar gibi sessizdi, hiç susmayacak sandığım nice duygu aniden susmuş, sanki uzun bir yolculuk beyaz bir sahilde son bulmuştu.

Kendi bedenimden bile uzaklaşıyordum.

Ölümü "asude bir bahar ülkesine" benzeten rindin ölümü gibiydi yaşadığım, ölümle hayat arasındaki o karanlık uçurum kapanmış, ikisinin yerini ikisine de benzemeyen ama ikisinden de içinde bir şeyler taşıyan başka bir âlem almıştı.

Hayatta anlamlı ne varsa anlamını yitirmişti.

Hissettiğim sadece var olmanın kendi hazzıydı.

Bir de varlığımın hazzına daima eşlik eden, sırf ben ben olduğum için sahip olduğum o kıraç keder.

Derinden, çok uzaktan gelen bir ney sesi gibi hep içimde duyduğum, o alışkın olduğum duygu.

O anda ne haz bir kahkahaya benziyordu ne de keder bir gözyaşına, her ikisi de kendini ifade etmeye ihtiyaç duymayan bir muğlaklığa ve güce sahipti.

Sahildeki ters çevrilmiş, omurgasında karın incecik beyaz bir çizgi gibi biriktiği sandalın kenarında siyah bir kedi duruyordu.

Gözlerini kırpıştırarak bana bakıyordu.

Islanmıştı, üşüyordu.

Yumuşak, nefti bulutlar suların üstüne kadar inmiş, ufuk çizgisini hemen yanımıza kadar taşımıştı, deniz durgun, küçük bir göl gibiydi, kıpırdamıyordu.

Sanki istesem üstünde yürüyebilecektim.

Hayatın sadece gerçeklerden ibaret olmadığını, gerçeklerin de ötesinde bir başka hakikatin bulunduğunu, duygularımızdan, düşüncelerimizden, ihtiraslarımızdan karlı bir kavşakta ayrıldığımızda her şeyin olduğundan başka bir biçimde görülebildiğini, denizin göle, suyun taşa, insanın ruha dönüştüğünü hissedebiliyordum.

Gövdeleri donup parlak buzdan billur kâselere benzemiş iri ağaçlar dile gelip konuşsa şaşmazdım.

Hattâ, her şeyin sustuğu o anda konuşmalarını bile bekledim.

Karların arasından gözlerim etrafımda olanları görürken, içimde birbiri ardına geçmiş görüntüler açılıp kapanıyordu, annemin yüzü, ağlayan bir kız çocuğu, kimsesiz bir lokantada birbirine dokunan iki el, buzlu steplerin ortasında Doktor Jivago'nun sığındığı cam köşk ve gözlerini çocukluğunun gözleriyle değiştirmiş kendi yüzüm...

Kendisini kendisiyle saklayan yüzüm.

Yüzüm, benim yalnızlığım.

Birgün çalışma odasına kendisinin girdiğini gören Maupassant gibi kendi yüzümü görüyordum.

Ve, buzlu bir stepin ortasındaki cam köşkte saklanan Doktor Jivago...

Ve, gerçekleri yazdığı için gerçek hayattan kovulan, lanetlenen, yapayalnız bırakılan Pasternak'ın, çizgilenmiş şair yüzü...

Eğer, Pasternak'ı bir evde tek başına ölüme bırakanları bu ıssız sahilde karların içinden geçirseydim, taşa dönmüş suyu, konuşmasını umduğum ağaçları, üşümüş siyah kediyi, denizlere inmiş nefti bulutları ve kendi içlerindeki yüzleri görselerdi, o yaşlı yazarı gene de lanetlerler miydi bir roman yazdığı için?

Kar yağarken, bulutlar bir yerinden açılıverdi, o ince çizgiden parlak bir ışık huzmesi saten bir kumaş gibi parlayan karların üstüne düştü, kristal tozlarının pırıltısı bir anlığına bütün sahile yayıldı.

İri, aç kargalar incecik bacaklarının üstünde sıçrayarak yiyecek bir şeyler bulabilmek için kafalarını o kristal tozlarının içine soktular.

Hayatın içinden bir anlığına da olsa sıyrılıp hayatın biraz ötesinde duranı, o sükûneti, o ıssızlığı, o sonsuz sessizliği, o ihtiraslardan soyunmuşluğu, o "asude bahar ülkesini" görmeden hayatı anlayabilmek, o hayatı gerçekten yaşayabilmek pek mümkün olmuyordu, gerçekleri anlayabilmek için bazen gerçekleri terk etmek, onlardan uzaklaşmak, ıssızlaşmak gerekiyordu.

Sahildeki çaycının derme çatma büfesinin tahta kepenkleri indirilmişti, yazın küçük bir söğüdün gölgelediği bahçesindeki masaların üstüne ters çevrilip konmuş sandalyeler, kar yığınlarının altında, unutulmuş ölüler gibi duruyordu.

Kış günleri kapatılmış sayfiye yerlerinin yalnızlığı.

Hızlanıyorum biraz.

Gözlerim yanıyor.

Karların altında yeniden canlanacağı, gölgesinde oynayan çocukların sesini işiteceği günleri bekleyen küçük söğüt ağacı gibi kendini yapayalnız hissederken, birazdan döneceğin hayatın tadını ve kıymetini daha çok bileceğini sezmenin lezzetini de alttan alta duyuyorsun.

Benden başka yürüyen kimse yok.

Yalnızlığın, hayatı terk etmenin, ihtiraslardan uzaklaşmanın, sessizliğe karışmanın, karların altında ıssızlaşmanın, bir boşlukla çevrelenip o boşluğun parçası olmanın sakin ama yakıcı bir şehveti var, insanın ruhuna işleyen.

Bir yanım eve dönmek, sıcak bir odada eski romanların kahramanlarına kavuşmak, onların maceralarını demli bir çayı içerek yaşamak istiyor; bir yanım burada, kar tanelerinin uçuştuğu, suyun taşa döndüğü, ağaçların billur kadehleri andıran gövdeleriyle dile gelecek gibi durduğu kimsesiz sahilde kalmak, içindeki görüntülere ulaşmak, onları görmek, onların sesini duymak, gerçeklerin gerçekliklerini kaybettiğine tanıklık etmek, bütün duygularını unutarak kendi varlığıyla baş başa kalmak istiyor.

Büyük bir güçle müziğin zirvesine doğru yükselecek orkestranın, o muhteşem patlamadan önceki bir anlık sessizliğine benziyor bu sahil.

Beni yeniden hayata hazırlıyor, hayattan kopararak.

Başka hiçbir şeyi değil, yalnızca kendi varlığımı hissediyorum.

Hayatla ölüm birbirine değiyor.

Annemi hatırlıyorum, her yalnızlığımda hatırladığım gibi.

Onun sözlerini, gülümsemesini...

Onun ölümünü...

Kendi ölümümü hatırlıyorum.

Bütün korkularım terk etti beni.

Gençliğimde muhtaç olduğum, büyüttüğüm, tenimde taşıdığım korkular, artık onlara ihtiyacım olmadığını bildiklerinde gittiler.

Annemle gittiler, benle gittiler.

Kar yağıyor.

Sahil sakin ve sessiz.

Kristal tozları uçuşuyor.

Gövdeleri buzla parlayan ağaçlar suskun.

Artık dönmeliyim...

Çöl Sevişmeleri

Bazı sevişmelerden yeniden doğarak çıkarız, bazı sevişmelerden bir parça ölerek.

Her sevişmede bir başka insanın tenine, terine, kokusuna karışarak kendi varlığımızdan soyunur, bir başka bedene dağılırız; alacakaranlık bir kayboluştan çıkıp yeniden parçalarımızı bir araya topladığımızda içimizde ya bir zenginlik, bir çoğalma ya da bir eksiklik, bir yoksullaşma hissederiz.

Niye bazı sevişmelerden, bir kırmızı karınca yuvasına girmişiz gibi ruhumuzu kemiren minik canavarlarla ayrıldığımızı, neden bazı sevişmelerden kevser içmiş gibi mutlu sarhoşluklarla kalktığımızı da tam bilemeyiz.

Bazen bedenimiz mesutken ruhumuz muzdarip de olabilir.

Bedenimiz açlığından tam kurtulamadığı halde ruhumuzun az rastlanır bir saadete eriştiği de...

Bir çöl gecesi çökerken, kumların henüz sıcaklığını yitirmediği ama nereden geldiği bilinmeyen çöl rüzgârlarının serinlikler taşıdığı saatlerde, geniş bir çadırın içinde, yere serilmiş ipek halının altındaki kumun sıcaklığıyla, büyük bir yelken gibi rüzgârla dalga dalga kabararak çırpınan çadırın girişine asılmış deri örtüden içeri sızan serinliğin çıplak bedenlerimize dokunduğunu hissederek, şarap, hurma, tarçın kokuları arasında soluk soluğa, ter içinde, çığlıklarla, her dokunuşla kendimizden geçerek saatlerce çılgınca seviştikten sonra o çölden nasıl ayrılacağımızı hiçbirimiz kestiremeyiz.

Böyle bir sevişmenin arzuyla buğulanmış hayalinde istediğimiz her şey vardır ama gerçeğinde neyin eksik olabileceğini baştan düşünemeyiz.

Yağmurlarla ıslanmış bir şehrin soğuk ve ıssız sokaklarında, bir apartmanın girişindeki kuytulukta sadece birkaç dakika sürecek bir sevişmenin ruhumuza ve bedenimize neler katacağını ya da onlardan neleri eksilteceğini de yaşamadan tahmin edemeyiz.

Nedir bunca değişik sevişmenin bizi bazen yeniden doğurup bazen öldürmesinin nedeni?

Neden bazı sevişmelerde ruhumuzla bedenimizi denk getiremeyiz?

Herkesin buna değişik bir cevabı olabilir.

Belki yanılıyorum ama ben bir sevişmede yeniden doğmakla ölmek arasındaki farkı, "sarılışın" yarattığını düşünüyorum.

Bir sevişmenin neredeyse bütün yakıcı ayrıntıları bedenle ilgiliyken, sanırım bir insanın bir insana sarılma isteği ve biçimi ruhumuza hitap ediyor.

Bir sevişmenin şehvetle, arzuyla, çıldırmayla, zaman zaman acıyla, kendinden geçişle yüklü zenginliğine, tek bir sarılış kendi içinde taşıdığı duygularla, şefkatle, sevgiyle, huzurla, yakınlıkla ulaşabilirse, öyle bir sevişmeden yeniden doğarak, zenginleşerek, saadeti bütünüyle hissederek çıkabiliriz.

Sevişmelerin taklitleri olabildiği, bu taklitlerle kendimizi bile kandırabildiğimiz halde sarılışların taklidi olmuyor, en azından böyle bir sarılışla kendimizi kandıramıyoruz.

İçimizi huzurlu kılacak, isteğin şefkatle karıştığı bir sarılışın bizi ikna edebilecek bir taklidi yok.

Hollanda'da Avusturyalı bir ailenin çocuğu olarak doğan ve kendine ait bir üslûpla edebiyat âleminde kendilerine özel bir yer kazanan yazarlar arasına katılan Thomas Bernhard'ın, "üçüncü sayfa haberlerini" andıran, hemen hemen bir gazete diliyle yazılmış ve içinde neredeyse tek satırlık bir ironi taşıyan hikâyelerini topladığı bir kitabı var.

Bu hikâyelerin lezzetinin benim edebiyat zevkime çok hitap ettiğini söyleyemem ama bunlar arasında, kitaba adını veren "Ses Taklitçisi" diye kısacık bir hikâye var ki, son satırı gerçekten insanı çarpıyor.

Ünlü insanların seslerini taklit eden bir komedyeni bir toplantıya gösteri yapması için davet ediyorlar ve diyorlar ki, "Biz sizin daha önceki gösterilerinizi de izledik, bize daha önce yapmadığınız, bizim dinlemediğimiz ses taklitleri yapar mısınız?"

Adam, "Olur" diyor.

Birçok değişik insanın sesini taklit ediyor.

Sonunda ondan özel bir istekte bulunuyorlar.

— Bize bir de kendi sesinizi taklit eder misiniz?

Ve, "ses taklitçisi" bunu yapamayacağını söylüyor.

Herkesin sesini taklit edebiliyor, bir kişinin sesi hariç.

Kendi sesi.

Çok basit, çok yalın, çok sade ama çok çarpıcı bir gerçek.

Kendimizi taklit edemiyoruz.

Kendi sesimizi taklit edemiyoruz.

Bence kendi sarılışımızı da taklit edemiyoruz.

Sesimiz gibi sarılışımız da çok derinimizden, içimizden geliyor ve taklit edemeyeceğimiz kadar bize ait.

Sesimizin, bizim bütün duygularımızı, kelimelerimizle onları ne kadar saklamaya çalışırsak çalışalım, ele vermesi gibi sarılışımız da, sevişmelerimiz nasıl olursa olsun, o sevişmeden ruhumuzun nasıl çıktığını ele veriyor.

Seviştiğiniz insana, sevişmeden bir müddet sonra, belki beş dakika, belki beş gün, belki beş hafta sonra baktığınızda ona sarılmak isteyip istemediğinizi, bir kadınsanız başınızı onun çenesinin altına sokma, bir erkekseniz onu belinden kavrayıp göğsünüze doğru çekme arzusuna sahip olup olmadığınızı görmek, yaşadığınız sevişmeden ruhunuzda bir eksilme mi, bir zenginleşme mi kaldığını da gösterir sanıyorum.

Sevişmeler bazen o korkunç şehvetle sizi sarıp sarmalasa, sizi bir zevk volkanının içinde savursa da her zaman gerçek varlığınızın parçası olmayabiliyor; ama sarılışlar, onlar, sanırım ruhumuzun bedenimize yansıdığı yer.

Sevişmelerin taklidini yapabiliriz.

Sarılışların taklidini yapamayız.

Bedenimizin her zerresine dokunan, zihnimizi arzu dolu karanlık alevleriyle karartıp bizi yalnızca bedenimizden ibaret bir hale getirerek sevişirken bizi paha biçilmez zevklere salan şehvetin, bizim için her zaman hem istenen, hem kuşkulanılan bir duygu olması, sanırım onun sarılışlardan yoksun olabileceğini bilmemizden.

Aslında her şehvet saldırısında, her sevişmede, her zevkte onun ardından gelecek sarılışı bekliyoruz, bedenimizle birlikte ruhumuzu da doyuracak, mutlu ve huzurlu kılacak olan o benzersiz sarılışı.

Bir çöl çadırında, bir apartman kuytusunda, bir yatak odasında, bir mutfakta, bir parkta, bir tekne gezintisinde, bir ormanda, bir sahilde, bir koltukta, nerede olursa olsun, nasıl olursa olsun, sevişmelerimiz farkına varmadan ruhumuzun hazinesine dokunuyor.

Ya oraya yeni ziynetler bırakıyor ya da orada biriktirdiklerimizden bazılarını insafsız bir hırsız gibi bizden çalıyor.

Bu sevişmeleri seviyoruz, hayal ediyoruz, özlüyoruz, istiyoruz; üstelik bunları isteyip hayal ettiğimizi de biliyoruz; bilmediğimiz, sarılışları da gizlice arzuladığımız.

Belki de bu sarılışları arzuladığımızı kendimize çok itiraf etmememiz, sevişmeler kadar hayalini kurmamamız, onun sevişmeler kadar kolay bulunamayacağını hissetmemizden, eksikliğinin yaratacağı hayal kırıklığının sarsıcı olabileceğinden endişelenmemizden.

Sevişmeler, zevk dolu bir araf, kapısının cennete mi, cehenneme mi açılacağını bilemiyoruz.

O kapıyı açan ise sarılışlarımız.

Sesimizi taklit edemiyoruz.

Sarılışlarımızı da taklit edemiyoruz.

Ve, bazı sevişmelerimiz bizi yeniden doğururken bazı sevişmelerimiz bizim bir parçamızı öldürüyor.

Hayallerimizde ve hakikatlerimizde, bir gezgin gibi sevişmelerden sevişmelere dolaşarak ruhumuzla bedenimizi barıştıracak bir mucizeyi arıyoruz biz de.

Gizli Dil

Ben ne zaman bu konuyu düşünsem aklıma hep *Amarcord* filmindeki o sahne gelir.

Koca memeli bakkal kadın, köyün ufak oğlanlarından birini bakkal dükkânının arka tarafına çeker.

Hayatında hiç çıplak kadın görmemiş oğlanın meraktan ve heyecandan faltaşı gibi açılmış gözleri önünde o inanılmaz büyüklükteki memelerini çıkartır. Kendisine bakan küçük oğlanın ağzına verir memelerinden birini.

Ve öfkeyle azarlar sonra oğlanı.

— Üflemeyeceksin salak, emeceksin.

Kadınlarla erkeklerin konuşmalarının bir yerinde hep, "üflemeyeceksin salak, emeceksin" tuhaflığının yaşandığını düşünürüm.

Kadınların bir şey söylediklerinde aslında başka bir şey söylemek istemiş olabileceklerini kendim mi fark ettim, yoksa bunu bana bazen usulca, bazen sabırsızca sözleriyle kadınlar mı öğretti, şimdi tam çıkartamıyorum.

Ama bir kadın, "Ben üşüyorum" dediğinde, bunun cevabının, "üstüne bir şey al", "istersen bir taksiye binelim", "eve geldik zaten" türünden bir söz olmadığını, "üşüyorum" dediğinde kadının, "bana sarılsana" demek istediğini ve ona sarılmak gerektiğini öğrenmek epey zamanımı aldı.

Sanırım binlerce yıl boyunca isteklerini açıkça söylemelerine izin verilmediği için "gizli bir dil" geliştirmek zorunda kalan kadınlar, bu kadar basit bir şeyin erkekler tarafından niye anlaşılamadığını, niye "emeceklerine üflediklerini" hiç anlayamazlar.

Erkeklerin, bakkal dükkânının arka tarafındaki salak küçük oğlana benzediğini düşünürler:

"Anlayışsız ve beceriksiz salaklar."

Sevgi ve şefkat eksikliğine hiç tahammül edemeyen, bunların "açıkça" söylenerek elde edilmesinin ise elde edilenin değerini düşüreceğine inanan kadınların, niye isteklerini düpedüz söylemedikleri ise erkekler için hep bir sırdır.

Duygularını göstermenin kadınlara özgü bir davranış olduğunu sanan erkekler, açıkça sevgilerini ve şefkatlerini göstermekten hep utanırlar.

Farkında olmadan, onlar, bu duyguların gösterileceği tek yerin yatak odası olduğuna inandıklarından, kalabalıkların içinde sevgi ve şefkat gösterdiklerinde, herkesin seyrettiği bir yerde sevişiyorlarmış hissine kapılıp tedirgin olurlar.

Erkekler için duygular, kapalı yerlerde yaşanması gereken "mahrem" şeylerdir, kadınlar ise bunun, hayatın her ânında yaşanması gereken bir şey olduğunu düşünürler.

Hemen hemen hepsi gizli bir "derebeyi" olan erkekler, kadınların her isteğinde, her talebinde bir isyan, bir başkaldırı, hattâ bir hakaret görürler.

Erkeklerin bekledikleri, kadınların "üşümeleri" ya da "acıkmaları" değil, erkeğin yanında soğuğu ve açlığı hissetmeyecek kadar kendinden geçmiş bir aşka kapılmaları ve bu aşkı, taleplerini dile getirmeyerek göstermeleridir.

Galiba o yüzden, erkeğin biraz kadınsılaştığı ve duygularını alabildiğine özgür bıraktığı aşkın ilk günleri geçtikten ve erkek yeniden erkekliğine döndüğünde, kadınlar "üşümeye" başlarlar.

"Benim uykum geldi" dediğinde erkeğin onla beraber yatmamasını, perhize başladığı sırada aniden bir hoşluk yapma isteği duyan erkeğin ona sevdiği yemekleri almasını "düşmanca" bulmaya koyulurlar.

Artık, erkeğin her davranışı ince eleklerden geçirilip, onun sözlerinde ve davranışlarında "sevgisizlik" işaretleri tek tek saptanır.

Ve o gizli dil daha sık ortaya çıkar.

Kendilerinden yakınırlar önce, "çok şişmanladım," "çok yaşlandım", "çok çirkinleştim" diye; bunları söyledikten sonra erkeklerin ne söyleyeceklerine, ne yapacaklarına bakarlar.

Kendilerine büyük bir ilgi eksikliği olarak gözüken o anlayışsızlıkların, artık eskisi kadar beğenilmemelerinden ya da sevilmemelerinden mi kaynaklandığını anlamaya uğraşırlar.

Baştan savma verilecek her cevap, bakkal kadının öfkeli tepkisini hak eder.

— Üflemeyeceksin salak, emeceksin.

Ama erkekler bu durumlarda genellikle üflerler.

— Yoo, hiç de şişmanlamadın, iyisin, biraz kilo aldın belki ama önemli değil.

Bu yakınmalar onlara manasız ve çocukça gelir çünkü.

Kadınlar ise sinirlenmeye başlarlar.

— Sen beni eskisi kadar sevmiyorsun.

Bunun cevabı elbette, "Nerden çıkardın bunu, tabii ki seviyorum" değil, sıkı bir sarılış ve iyi bir öpüşmedir.

Bir şeylerin yanlış gitmeye başladığını gören erkek

ise, güzel bir hediye almanın ya da daha kestirmesi "biraz para vermenin" zamanı geldiğini düşünür.

Onun için sorunun tedavisi öpüşmede değil, paradadır.

Kabul etmeli ki, kendi değerini, gizliden gizliye kendine verilen parayla ölçmeye yatkın kadın için yapılacak "fedakârlığın" miktarı bir zaman işe yarar; kadın, "salağın" duygularını böyle ifade etmeye çalıştığını anlar.

Erkek ise, o düz vahşeti ve insafsızlığı ile, "ağlıyorsa biraz para ver" çözümlemesini benimser.

Ama hediyelere ve paralara çabuk alışılır, sarılışların ve öpüşmelerin özlemi yeniden başlar.

Kadın "üşür".

Son bir iki deneme daha yapar, bazen güzelliği ve cinselliğiyle, bazen sinirli çıkışmalarıyla, erkeğe "üşüdüğünde ona sarılınması gerektiğini" bir daha öğretmeye uğraşır.

Ama erkek hâlâ, emeceğine üflüyorsa, o tehlikeli sapak yaklaştı demektir.

Ya kadın kadere rıza gösterip teselliyi hediyelerde, parada, çocuklarında, kendisine sağlanan güvende aramaya razı olur ve arada sırada tutan "ben çok yalnızım" yakınmaları ve ağlama nöbetleriyle hayatını sürdürür ya da "üşümeye" fazla dayanamayıp "sarılmasını bilen" biri var mı diye etrafa bakınmaya koyulur.

"Sarılmasını bilenler", bu sapaktaki kadınları keskinleşmiş radarlarıyla hemen bulurlar.

Bir vakit işler iyi gider.

Ama sarılmasını bilenler de bir süre sonra kaçınılmaz erkekliklerine geri dönüp üşüyen kadına, üstüne bir hırka almasını söylerler.

Ve bu hem acıklı, hem eğlenceli süreci başlatan ilk uyarı da her kadının kendi özel lisanında hemen söylenir.

— Üflemeyeceksin salak, emeceksin.

İçimizde Bir Yer...

Bu söylediğimin doğru olup olmadığından hiç emin değilim ama bana öyle geliyor ki sanki hepimiz, içimizde bir başkası için ayrılmış bir yerle doğuyoruz.

Bir parçası kayıp bir bulmaca gibi...

Hayatımızın önemli bölümünü garip bir eksiklik duygusu ile geçirmemiz, bazı sabahlar anlaşılmaz sıkıntılarla uyanmamız, bazen isimsiz umutlarla neşelenmemiz, sanırım o boşluğun içimizde yarattığı girdaptan kaynaklanıyor.

Karşılaştığımız her kadına ve erkeğe, belki de hiç farkında olmadan, girinti çıkıntıları o boşluğun kesiklerine uyacak diye mi bakıyoruz?

Elinde Sinderalla'nın ayakkabısıyla dolaşan biri var sanki içimizde, herkese, "Acaba ayakkabının sahibi bu mu?" diyerek bakıyor.

Tam olarak neyi ya da kimi aradığımızı bilmiyoruz.

Bize öğretilen bilgilerden yola çıkarak aradığımız insanla ilgili birçok olumlu özellik sıralıyoruz ama genellikle söylediklerimiz gerçeğe çok uymuyor.

Sonra birden birisi hayatımıza giriveriyor.

Onun sahip olduğu bir şey, belki kokusu, belki dokunuşu, belki gülüşü, belki zekâsı, belki hayata bakış tarzı, belki zevki, belki aldırmazlığı, belki ihtirası, belki de kötülüğü, içimizdeki boşluğun bütün girinti çıkıntılarını dolduruyor.

İlk düşündüğümüz, onunla mutlu ve huzurlu olacağımız.

İçimizdeki boşluğun ancak "iyi şeylere" sahip biri tarafından doldurulabileceğini sanıyoruz.

Ama gerçek, her zaman böyle değil.

Çoğunlukla içimizdeki boşluğa uyan "parça", kötülük oluyor.

Bir keresinde güzel bir kadınla tanışmıştım.

Rahat, özgür, zengin bir kadındı.

Paralarını yiyen, olanaklarından insafsızca yararlanan, yalan söyleyen, başka kadınlarla kırıştıran, onu bırakıp bırakıp giden bir adama tutulmuştu.

Adam çok yakışıklı değildi.

Başarılı değildi.

Sık sık ayrılıyorlardı.

Kadın, başka erkeklerle de oluyordu, hattâ bir iki defa da evlenmişti.

Ama adam ne zaman çağırsa koşarak ona gidiyordu.

Böyle tuhaf bir bağ, insanın aklına kaçınılmaz olarak "cinselliği" getiriyordu, aralarında garip bir uyum olduğunu düşünüyordu insan.

Benim aklımdan bunun geçtiğini anlayan kadın, ben bir şey söylemeden, sorulmayan soruya cevap vermişti.

— Diğer erkeklerle sevişmemden daha da değişik değil onunla sevişmelerimiz... Gerçi onla birlikteyken sabah akşam sevişiyoruz ama ona baktığımda ilk aklıma gelen şey sevişmek değil... Ama onu uzaktan bile gördüğümde titremeye başlıyorum... Onu görebilmek için para harcamaya razı oluyorum, aşağılandığımı bile bile onun arsızca istediği hediyeleri alıyorum... Bunun ne olduğunu da bir türlü çözemiyorum.

Bana, içimizde başka bir insana ait bir boşlukla doğduğumuzu düşündüren ilk, bu kadının anlattıkları olmuştu.

Zamanla, bu tür bağımlılıkların, korkunç denilebilecek tutkuların genellikle esrarengiz zaaflarla birlikte ortaya çıktığını fark etmiştim.

Bunun, kötülüklerle doldurulması için ruhumuza yerleştirilmiş "şeytanın boşluğu" olduğunu düşünmüştüm.

Çünkü bu tür ilişkiler genellikle büyük sorunlarla boy atıyordu.

Bulmak için yıllarımızı harcadığımız insandan kaçabilmeye, ondan kurtulmaya çalışıyorduk.

Aşk, mutluluk, güven, dostluk, yakınlık yerine güvensizlik, tedirginlik, mutsuzluk, hattâ bazen düşmanlık ve kızgınlık vardı.

Bir başka insan, neredeyse hayat boyu bitmeyecek bir sorun haline gelebiliyordu bizim için.

Ama onunla yaşadığımız huzursuzluklar, başkalarıyla yaşadığımız sükûnetten daha çekiciydi.

O insanla birlikte, o insanın yarattığı soruna da tutuluyorduk.

Eğer biri aniden o sorunu çözümlese, hayatımızdan bize acı veren sorun çıkarılsa hissedeceğimiz duygu, bir rahatlamadan çok, bir boşalma ve eksilme olacaktı.

Belki yanılıyorum ama bazen bir insandan ziyade bir soruna tutulduğumuzu bile düşünüyorum; o insanı diğerlerinden farklı kılan, onun yarattığı sorunların diğerlerinin yarattığı sorunlardan daha fazla ilgimizi çekmesi, başkalarıyla yaşadığımız sorunlarla bir zaman uğraştıktan sonra onlardan rahatça vazgeçerken o insanın yarattığı sorunlarla uğraşmaktan asla vazgeçemeyişimiz, hattâ bu sorunlarla uğraşmaktan hastalıklı bir zevk bile almamızdı.

Elbette, o insanla yaşadığımız sorun, sevişmelerle, ortak zevklerle, neşeli konuşmalarla, eğlenceli tartışmalarla da süsleniyordu ama ilişkinin asıl çekirdeği hep o sorun oluyordu.

Belki de, içimizdeki o boşluğu dolduracak olan, bizim en çok ilgimizi çekecek sorunu yaratacak olan insandı.

Bir adım daha öteye giderek belki şunu bile söylemek mümkün, sorun çözülemez hale geldikçe, hattâ yavaş yavaş bir imkânsızlığa dönüştükçe bağımlılığımız ve ilgimiz de artıyordu.

Bazen, o insanla yaşadığımız sorunlardan yorulup kaçtığımızda, sadece o insanı değil, o insanla yaşadığımız dertleri çözümlemek için harcadığımız zamanları da özlüyorduk.

Zihnimizin bir parçasının hep aynı sorunu düşünmeye, çareler bulmak için kıvranmaya alıştığını, bu olmadığında büyük can sıkıntıları ve yalnızlıklar yaşadığını görüyorduk.

Niye onca insan arasında yalnızca birinin yarattığı sorunlar o kadar ilgimizi çekiyor, bunun cevabını bilmiyorum.

Tek aklıma gelen, o insanın birçok özelliğinin bir araya toplanarak "şeytanın boşluğunu" dolduracak özel biçimi oluşturması.

Eğer bu söylediklerim doğruysa, o zaman, birçoğumuz kendini mutlu edecek insanı değil, kendi eksikliğine denk gelecek sorunu yaratacak insanı arıyor öncelikle.

Mutluluk, sorunun yarattığı karmaşanın arasında, fırtınaya yakalanan bir insanın sığınacak bir kulübe bulduğunda hissettiği sevince benzer bir şekilde zaman zaman ortaya çıkıyor.

Bu kısa mutluluk zamanları, ortasında var olduğu dertlerin ve acıların boyutlarına uygun bir parlaklıkta oluyor ve asla unutulamayacak bir haz veriyor.

Sorunların karmaşıklığına ve büyüklüğüne uygun mutluluk patlamaları yaşanıyor.

Birbirine hiç benzemeyen iki duyguyu, iki zıt ucu aynı anda tutabilen biri de neredeyse hayatın bütün enerjisini, bazen olumlu bazen de olumsuz bir biçimde, bütün bedeninde ve ruhunda hissediyor.

Bağımlılığı yaratan da bu olmalı.

Hepimizin içinde bu bağımlılığı yaratacak insanın gelmesini bekleyen bir boşluk var, eksik bir parça.

Bizi en çok uğraştıracak olanı arıyoruz belki de.

O insandan daha güzelini, daha yakışıklısını, daha zekisini, daha güçlüsünü, daha güvenilirini bulsak da sonunda gene bizim aradığımız sorunu ve mutluluğu bize yaşatacak olana dönüyoruz.

O güzel kadının dediği gibi, "Onu görünce titriyoruz."

Şeytanın bizim için hazırladığı o zehirli karışımı içmek istiyoruz.

Bizi sarhoş edip bu dünyanın gerçeklerinden koparak cehennemde ve cennette dolaştıran, o yakıcı karışım çünkü.

Sevdiğiniz Kaybolduğunda...

Bazen, sevdiğiniz insan kendi içine girip gözden kaybolur.

Kapısız bir katedralin önünde duran biçare bir dindar gibi, içeri girenin yeniden dışarı çıkacağı bir geçit bulabilmek için sevdiğiniz insanın etrafında dolaşmaya başlarsınız.

Durumunuz korkunçtur.

Sevdiğiniz karşınızdadır, işte onun saçları, onun dudakları, onun gözleri, onun sesi, onun gülümseyişi, onun bakışı, onun duruşu ama bütün bunlar onu, sizin sevdiğiniz "o" yapmaya yetmemektedir, "o" kendi içinde kaybolmuştur.

Eğer tümüyle ortadan yok olmuş olsa, bütün dünyayı gezip onu aramaya razısınızdır ama aradığınız, önünüzde durmaktadır ve o, sizin aradığınız değildir.

Onu arayabileceğiniz başka bir yer de yoktur.

Sevdiğiniz insan, sevmediğiniz insanın içindedir.

Çaresizliklerin en insafsızıdır bu.

Kaybolanı bulabilmek için, onun içinde kaybolduğu insana sarılırsınız.

O bir seraptır, ağzınıza kumlar dolar.

Tanrıların lanetine uğramış bir matematikçi gibi bütün rakamları alt alta yazıp toplarsınız, sonuç yanlıştır, birisi rakamların değerlerini, size haber vermeden değiştirmiştir, gittikçe daha çok çıldırarak yanlış rakamlarla doğru bir sonuç bulabilmek için boğuşursunuz.

Sevdiğinize ulaşabilmek için çılgınlıklar yaparsınız, onunla deliler gibi sevişirsiniz, ağlarsınız, bağırırsınız, yalvarırsınız, tehdit edersiniz, sokulursunuz, kaçarsınız, hiçbir şey değişmez, katedralin kapıları duvarlarla örülmüştür.

Çocukken, büyük kadınlara âşık olurdum.

Çocuktum ama imkânsızlığın farkındaydım.

Dudaklarımı şişirerek oturur, yaşlarımızı hesap ederdim, ben kaç yaşına geldiğimde o kaç yaşında olacak, birlikte olmamızı sağlayacak zamana ne kadar sürede ulaşabiliriz.

Büyük bir ciddiyetle ve inançla yapardım bunu.

Bir kısmını gerçekten de buldum daha sonra.

Ve ilk o zaman öğrendim, bazen sevdiğim kadının sevdiğim kadın olmadığını.

Çocukken âşık olduğum kadınlardı ama çocukken âşık olduğum kadınlar değillerdi artık.

Gülüşleri solmuş, hareketleri ağırlaşmış, kıvraklıkları kaybolmuştu.

Zaman, benim sevdiklerimi, sevdiklerimin içinde kaybetmişti.

Çocukluğumun en unutulmaz kitaplarından biri olan *Gog*'un yazarı Papini'nin "Ödenmeyen Gün" isimli hikâyesine rastladım geçenlerde.

Çok genç ve güzel bir kadına birgün bir adam geliyordu, "Kızım hasta, ölecek" diyordu, "Siz hayatınızdan bir yıl verin benim kızıma, şimdi o kadar gençsiniz ki, bu bir yılı fark etmezsiniz bile, daha sonra bu bir yılı ben size gün gün ödeyeceğim, bana verdiğiniz üç yüz altmış beş günü aynen geri alacaksınız."

Genç kadın razı oluyordu.

Yirmi üç yaşından yirmi beş yaşına atlıyor ve gerçekten de arada kaybolan yılı fark etmiyordu.

Sonra yıllar geçmeye başlıyordu, ilk çizgiler beliriyordu, ilk beyazlar saçların arasında, daha yorgun kalkılan sabahlar, bağışladığı yılın günlerini adamdan geri almaya koyuluyordu.

O günleri geri aldığında yeniden yirmi üç yaşına geri dönüyor, o yıllarda olduğu gibi herkesi kendine hayran bırakıyordu.

Önceleri o üç yüz altmış beş günü hiç bitmeyecekmiş gibi kullanıyordu.

Sonra, günlerin azaldığını fark ediyordu.

Bir şatoya saklanıyor, orada yaşlanmayı yaşıyor, arada bir de adamdan bir gün alıp yirmi üç yaşında bir genç kız olarak ortaya çıkıyordu.

Onun yirmi üç yaşındaki halini görenler ona âşık olup peşine düşüyorlardı ama onu bir daha bulamıyorlardı; çünkü o, ertesi gün yaşlı bir kadına dönüşüyordu.

Aynı kadın, hem yaşlı, hem gençti çünkü.

Yirmi üç yaşındaki kadını aradığınızda onu bulabileceğiniz tek yer, o yaşlı kadındı ve o yaşlı kadın artık yirmi üç yaşında değildi.

Ve o yirmi üç yaşındaki kadını bulabileceğin başka bir yer de yoktu.

Papini, zamanın yok ettiği bir kadını ve güzelliği anlatıyordu.

Onun sihirli anlatımıyla genç kadın yaşlı kadının içine girip kayboluyordu.

Benim çocukluğumda olduğu gibi.

Yıllarca ben bunu düşündüm, istediğin kadın, zamanın tesiriyle değiştiğinde ve bulduğun kadın artık aradığın kadın olmadığında ne yaparsın diye.

Zamanın yarattığı çaresizlik, çocukluğumda ve gençliğimde aklımı çok kurcaladı, bütün çaresizlikler gibi içimi çok örseledi.

Ama daha beter bir çaresizlik olduğunu öğrenmem için biraz daha büyümem gerekti.

Zaman her şeye rağmen doğaya ve alışkanlıklara uygun bir biçimde değiştiriyordu insanı, kaybolan kadın uzun bir sürede usulca kayboluyordu kendi içinde.

Bir de zamana bağlı olmayan ani kayboluşlar vardı.

Daha bir gün önce kapıları olan katedralin bir sabah kapıları ortadan kayboluyor, sevdiğin, sonsuza dek kapısız bir katedralde hapis kalıyordu.

Öyle bir şey yapıyor, öyle bir şey söylüyor, öyle bir bakıyordu ki bu, senin sevdiğin kadını son görüşün, son duyuşun oluyordu.

O davranıştan ya da sözden sonra kendi içinde kayboluyordu.

İşte o zaman çaresizliği daha iyi öğreniyordun.

Yaptığını yapmamış, söylediğini söylememiş olması için yalvarıyordun kadere, sabahları sevdiğinin kaybolduğu günün bir gün öncesinde uyanmayı diliyordun.

Bir söz ya da bir davranış, katedralin kapılarını sonsuza dek yok ediyordu.

Belki yeniden kapılar açılır diye bekliyordun.

O zaman bir şey daha öğreniyordun, katedralin kapılarını bir anda kapatacak sözler ve davranışlar vardı ama onları aynı süratle açabilecek bir söz ve davranış yoktu.

Bir katedralin içine girip kapıları kapamak kolaydı, bunu herkes yapabiliyordu, herkese en azından bir kere bunu yapabilme şansı veriliyordu ama kapanan kapıları açmaya kimsenin gücü yetmiyordu.

Sevdiğin, önünde duruyordu ve ona ulaşamıyordun.

Bazen o da kaybolduğu yerden çıkmak istiyor, yeniden eski günlere dönmeyi arzuluyordu ama kapılar dışarda kalan kadar içeri giren için de açılması imkânsız hale geliyordu.

Böyle zamanlarda bir vakit birlikte yakınıyor, birbirinizi suçluyor, söylenen sözlere, yapılan davranışlara haklılık kazandıracak nedenler arıyordunuz.

Ve korkunç gerçek, sislerin arasından beliriyordu.

Ruhunuzun kilitlenip mühürlendiğini fark ediyordunuz.

Bu laneti çözmek için adaklar adıyordunuz.

Karşımda duran sevdiğime eski günlerde olduğu gibi dokunabileyim, sevdiğim kendi içinden çıkabilsin diye yalvarıyor, hayaller kuruyordunuz.

Ülkesinden çok uzakta kazaya uğramış bir kazazedenin, düştüğü ıssız adanın sahiline devrilmiş geminin enkazına baktığı gibi bakıyordunuz sevdiğinize.

Sizi sevdiğinize ulaştıracak gemi oydu ama artık bir enkaz halindeydi.

Ve bir yere gitmiyordu.

Başka bir gemi de yoktu.

Zaten siz bir başka gemiye de binmek istemiyordunuz.

Orada, o ıssız sahilde durup acıyla beklerken son gerçeği de öğreniyordunuz.

Sizi ya buradan bir başka geminin alıp götürmesini bekleyecek ya da o enkazı yeniden tamir edip yüzdürmek için uğraşacaktınız.

Ruhunuzun mühürlerini çözmek, sevdiğinizi sevdiğinizin içinden çıkarmak için uzun ve meşakkatli bir çabaya girişecektiniz.

Hasar ne kadar çoksa, tamir o kadar uzun sürecekti.

Ve, efsaneler diyordu ki, böyle mucizeler varmış, bazı gemiler yüzer, bazı mühürlü ruhlar açılır, bazı sevilenler kendi içlerinden çıkarmış.

Issız bir sahilde, sevdiğinizin yanında sevdiğinizi özleyerek, yapayalnız, o mucizeyi bekliyordunuz.

Yeterince sabırla ve inançla beklersem olur diyerek.

Gel ve Al...

Bazı sahneler, bazı cümleler vardır ki, okyanusların en karanlıklarında yüzen fosforlu balıklar gibi hafızanızın derinliklerinde ışıklar saçarak yalnız başlarına dolaşırlar.

Kendi içinize kapandıkça, yalnızlaştıkça, hayatın görünen yüzünden kaçıp diplere kaçtıkça, o sahnelerle cümlelerin ışığı daha keskinleşir, renkleri daha canlanır, onlara dokunmak istersiniz.

Tuhaftır, bu tür cümlelerle sahneler, siz onlara yeniden dokunduğunuzda sizi ilk rastlaştığınız yaşlarınıza geri götürürler.

Ve, siz onları hayatınızın bugününe çekmeye, onları yaşamaya çabalarsınız.

Çocukluğunuzla yaşlılığınız arasında ışıklı kelimelerden bir köprü kurulur ve siz o cümleyi ilk kez duymuş olan çocuğun heyecanıyla o köprüden geçecek birini beklersiniz.

Ben, Çehov'un *Martı* piyesini Kenterlerin o yıllarda yeni açılmış olan Harbiye'deki tiyatrosunda seyrettiğimde herhalde on iki on üç yaşındaydım.

Piyesi çok iyi anlamamıştım.

Ama orada bir sahne ve bir cümle vardı.

Genç kız, âşık olduğu yaşlı yazara bir madalyon hediye ediyordu.

Madalyonun arkasında, yazarın kitabının adı ve bir sayfa numarası kazılıydı.

Yazar, kendi kitabını açıp o sayfayı bularak benim asla unutamadığım o cümleyi okuyordu:

— Eğer birgün hayatıma ihtiyacın olursa gel ve al onu.

Cümlenin gücü çocuk zihnimi dağlamıştı.

Bir insan, kendi hayatını sunacak kadar çok seviyordu birisini.

Cümle, bir hayal sahnesi yaratmıştı içimde.

Bir gece trenindeyim. Piyesteki yazar gibi yaşlıyım. Dışarıda yağmur yağıyor.

Tren pencerelerinin ışıkları, rayların yanındaki ıslak ağaçlara, taşlara, tarlalara yansıyarak parlak izler oluşturuyor.

Başını, trenin hafifçe buğulanmış penceresine dayamış, bana bakan bir genç kadın, pencereye vuran gölgesinden yağmur damlaları akarken, kırık, biraz kederli ama çok kararlı bir sesle bana bu cümleyi söylüyor.

— Eğer birgün hayatıma ihtiyacın olursa gel ve al onu.

Ben ona gülümsüyorum.

Çaresizliği saklamaya çalışan bir gülümseme bu.

Genç kadın, söylediği cümlenin küçümsendiğini düşünüyor ama o kadar çok seviyor ki, bu yanılgı bile onu cümlesinden ve duygularından vazgeçirmiyor.

Bir zaman sonra ben ölüyorum.

Genç kadın bir adamla evleniyor.

Aradan yıllar geçiyor.

Ve bir akşam, kocasına bu sahneyi anlatıyor.

— Bana gülümsedi, diyor, önce bunun bir küçümseme olduğunu sandım ama yıllar geçtikçe onun o andaki bakışlarında hissedilen tutkuyu daha çok fark ettim, onun için her şeyden, bütün hayatımdan vazgeçmeye hazırdım. Bilmem neden, o istemedi.

Yıllarca bu hayali kurdum.

Böyle bir cümleyi söyleyebilecek, "Hayatıma ihtiyacın olursa gel ve al" diyecek birine öylesine ihtiyaç duyuyordum ki, bana hayatını sunacak bir kadının varlığını hayalimde hissedebilmek için aynı hayalin içinde ölmeye razı oluyordum.

Neden, hayalimde, bana o cümleyi söyleyen kadının elini tutup ilk istasyonda inmiyordum, bilmiyorum.

Belki, Çehov'un çaresiz kederi bu cümleyle ruhuma sızmıştı.

Belki, bu cümlenin devamında yaşanacakları düşünmeye çocuk hayalim müsait değildi.

Belki de bu cümleyi dokunulmamış, denenmemiş bir halde bırakmak istiyordum.

Nedenlerini bilmiyordum ama beni bu kadar sevecek ve bana bu cümleyi söyleyecek bir kadın olsun istiyordum.

Böyle bir cümlenin hayatta ancak bir kez ve ancak bir insana söylenebileceğini, insanın hayatında bu sahnenin ikincisi olmayacağını da hissediyordum.

Önceleri, kendini yaşlı yazarla özdeşleştiren çocuk ruhum, kendini bu cümlenin söylendiği insanın yerine koyarken sonraları kendimi bu cümleyi söyleyen bir erkeğin yerine koymaya başladım.

Sadece beni seven, bana hayatını sunan bir kadını değil, sevdiğim ve hayatımı verecek kadar seveceğim bir kadını da özlüyordum.

Ben de söylemek istiyordum o cümleyi.

— Eğer birgün hayatıma ihtiyacın olursa gel ve al onu.

Bu, cümle okyanusların derinlerindeki fosforlu balıklar gibi gücünü ve ışığını hiç yitirmeden hafızamın ve hayallerimin derinliklerinde dolaştı yıllarca.

Aşk denildiğinde aklıma hep bu cümle geldi.

Ne zaman âşık olsam, bu cümleye yakalanıp çocukluğuma geri döndüm.

Ne kendi sevgimde ne de karşımdakinin sevgisinde bu cümleden daha azına razı olmadığım için huysuzlandım, acı çektim, kederlendim.

Bu cümle, ben ne kadar yaşlanırsam yaşlanayım, beni hep kırılgan bir çocuk gibi tuttu.

"Eğer" diye başlayan bu cümleye dokunan bir yanım, en çabuk kırılan yanım oldu.

Kendi hayatında biraz soğuk ve kibirli olan, büyük aşklardan ve tutkulardan kaçan, kadınlarla neşeli ve yüzeysel oynaşmaları yeğleyen, bir dostunun deyimiyle, "Sevmeden iyi ve cömert, bağlılık duymadan müşfik ve dikkatli olabilen", bir başka dostunun tarifine göre de, "Kalbinin derinliklerinde olup bitenleri yakınlarından hiçbirinin tamamen anlayamadığı" ama bütün bunlara rağmen tutkuyu, ihtirası, aşkı bilen, belki de ruhundaki bu ikiliğin sıkışıklığını yaşayan Çehov'un hüzünlü çaresizliği, tek bir cümleyle benim çocuk ruhuma sızmış, beni bu cümlenin gücüyle damgalamış ve beni bu cümlenin peşine düşürmüştü.

Yıllar geçti, o piyesi seyrettiğim günden bu yana.

Yaşlandım.

Yazar oldum.

Gece trenleri geçti.

Yağmurlar yağdı.

Kadınlar oldu.

Hayalimdeki her şey hayatın içinde vardı.

Ama bir araya gelip bir trenin penceresine başını dayayan bir kadına dönüşemedi.

Martı piyesini okuduğunda, bu piyesi sevmeyip, "Sen

dantelacı kızlar gibi yazıyorsun" diyerek alay eden Tolstoy'un alaycılığından yaralandığı için belki de piyeslerindeki cümleleri gerçek hayatta söylemekten utanan, böyle bir cümledeki en ufak bir yalan kırıntısının, söyleyeni de, dinleyeni de gülünçleştireceğini hissedip bu cümlelerden korkan Çehov'un korkusu bana da geçti.

Hem bu cümleyi arayıp, hem bu cümleden çekindim.

Bu cümlenin sahte bir sesle söylenmesinin hepimizi "bir dantelacı kız" haline sokmasından korktum belki.

Böyle bir cümlenin gerçeğine inanmakta zorlandım.

Sadece hayallerimde ve istediğim ses tonuyla söyleyip söylettim o cümleyi.

Artık yaşlandım.

Kitaplar yazdım.

Ölüm de artık başkalarına ait bir masal değil benim için.

Ve, bu cümleyi, bu cümlenin bütün gerçekliğini ve gücünü hissederek söylemek, büyüklerin korkularına esir olan çocukluk hayallerimi kurtarmak istiyorum artık.

— Eğer birgün hayatıma ihtiyacın olursa gel ve al onu.

Huzursuz Ruhlar...

O ışık içinde bütün renkler aynı heyecanlı parlaklığı paylaşarak birbirine değiyor, dokunuyor, öpüşüyor, kâh masum bir orjiye, kâh ahlaksız bir ayine benzer bir kaynaşmayla birbirlerinden bir şeyler alarak çoğalıyor, mum beyazı bilekli bir meleğin gergefindeki ipek ibrişimler gibi birbirine dolanarak şekilden şekle giriyor.

Kıvırcık tüyleri altın yıldızlı bir kuzu gibi oradan oraya seken güneş, erguvan ağaçlarına dokunup kendi aydınlığının bir parçasını o ağacın çiçeklerine bırakırken, o çiçeklerden aldığı gölgeli bir eflatunu denizin maviliğine yansıtıyor, Boğaz tepelerinin koyu yeşil korulukları, tebessümünü zor zapt eden olgun bir kadın gibi, bu ışıklı eğlenceye katılmakla bigâne kalmak arasında tuhaf bir kararsızlık geçiriyor.

İstanbul'da bir bahar günü yaşıyoruz.

Geçen yıl da bu sahiller böyleydi.

Yüzlerce, binlerce yıldan beri bu sahiller renklerle ışıkların ahenkli coşkusuna tanıklık ediyor.

Tabiatın o muhteşem ve mükemmel tekdüzeliği, her bahar aynı erişilmez güzelliği bu sahillere serpiyor.

Renklerle ışıkların, geçen küçük bir bulutla ya da esen hafif bir rüzgârla anbean değişmesine karşılık her yıl bu mevsim, tanrısal bir şaheserin tekrarlanmasındaki kararlılık da bizi gördüğümüz güzelliğin kendisi kadar şaşırtıyor.

Tabiat, mükemmelliğini ve şaşırtıcılığını, hiçbir şaşırtıcılığa yer vermeyen bu olağanüstü tekdüzeliğine, kendini tekrarlamasındaki dokunulmaz ve değiştirilmez iradesine borçlu.

Kuralları belli.

Geceyle gündüzün yer değiştirmesi, bir mevsimden sonra diğerinin gelmesi, yağmurların bulutlardan boşalması, sırtlanların bizonları parçalaması hep aynı şekilde, değiştirilemez bir kanuna uygun olarak gerçekleşiyor.

Tanrı, yarattığı tabiatın mükemmel düzeninden memnun.

Onu asla değiştirmiyor.

Bu tabiat, hatasızlığıyla muhteşem ve mükemmel ama şaşırtıcı ve eğlenceli değil.

Tanrıyı kim eğlendirecek?

Kim şaşırtıp güldürecek onu, kim yaptığı hatalarla onu üzecek?

Gökyüzünün derinliklerinden semavi bir merakla eğilip baktığında, yanındaki meleklere, "Şuna bak, şuna bak" diye kimi gösterecek?

Bizi elbet.

Tanrıyı güldüren ve üzen bizi.

Biziz onu eğlendiren.

Gecesinden sonra gündüzü gelmeyen, aynı günün içinde çeşitli mevsimler yaşayan, kaprisleri, şımarıklıkları, heyecanları, arzuları, öfkeleriyle, birbirine benzemez çelişkili istekleri, kararsızlıkları, korkularıyla, değişmek ve değiştirmek ihtirasıyla tabiatın tekdüzeliğini bozan, beklenmedik işler yapan biz insanlarız, tanrının sonsuz eğlencesi.

Tabiatın mükemmel tekdüzeliğini biz bozarız.

Mükemmel olmadığımız için eğlenceli, mükemmel olmadığımız için çirkin, mükemmel olmadığımız için yaratıcıyız.

Tek anarşisti biziz bu tabiatın.

Depremler, sel felaketleri, kasırgalar, fırtınalar bile o tekdüzeliğin parçaları olarak çıkıyor ortaya.

Hepsinin bir kuralı ve kanunu var.

Kaplanlar ot yemiyor, zürafalar ceylanları kovalamıyor.

Biz öyle değiliz.

Biz, içine doğduğu tabiatı değiştirmek isteyen tek canlıyız.

İsyanı bilen, başkaldıran, korkuyla diz çöken biziz, tanrının zeki, sivri dilli, isyankâr soytarısıyız, onun sarayının kahkahası ve gözyaşıyız biz.

Can sıkıntısını, aşkı, kıskançlığı, ihtirası sadece biz biliriz.

Mum bilekli meleklerin dokuduğu rengârenk ipekten yorganlara sarınıp, doğan güneşlerin, erguvan ağaçlarının, yeşil koruluklarm, köpükleriyle oynaşan denizlerin ortasında huzursuzlaşan, hırçınlaşan, huysuzlaşan biziz, tanrının yarattığı mutluluk resimlerine bakarken orada kendi yarattığımız bir mutluluğun parçasına rastlamadığımızda mutsuz olan da biziz.

En büyük felaketlerin ortasında beklenmedik aşklara düşüp gülüveren de bizleriz.

Tanrının çevirdiği bir mükemmellik çemberini biz insanlar kırabiliyoruz ancak, onun için, başka hiçbir canlının sahip olmadığı bir hakka, hayatın akışını değiştirme hakkına sahibiz ve sanırım bu büyük hakkın bedeli olarak bütün tabiatta mutsuzluğun dokunabildiği tek canlı türüyüz.

Tekdüze bir mükemmeliyetin dışına çıkabildiğimiz için o mükemmelliğin bir anlamda en eksik parçası biz oluyoruz, bu eksiklikle hep yenilikler arıyor, bu eksikliğin yarattığı yetersizlik duygusunu yenebilmek için sürekli, tabiatta daha önce görülmemiş değişimler yaratıyor, tabiatın yaramaz çocukları olarak onu didikliyor, mükemmelliği reddetmenin huzursuzluğunu da hep ruhumuzda yaşıyoruz.

Tabiatın sunduğu hiçbir şey yetmez bize.

Tanrının, tabiatı yaratırken hissettiği huzursuzluğu, tanrının, eline yaratılacak yeni bir hayat verilen çocukları olarak kendi küçük hayatlarımızda yaşıyoruz.

Hepimiz kendi hayatlarımızın tanrısıyız.

Küçük, huzursuz tanrılar.

Yeni şeyler isteriz biz.

Sanırım, tanrı yarattığı tabiattan tatmin olmadığı için insanları, mükemmeliyeti bozan bizleri yarattı.

Huzursuz yanıyız biz tanrının.

Onun için, bizim hayatımızda hiçbir zaman sürekli bir huzur olmayacak, "babalarının" ahenk yaratacak kudretini değil, yarattığı ahenkten kuşkuya düşen huzursuz yanını tevarüs eden çocuklar olduğumuz için en mükemmel anlar bile biraz uzun sürdüğünde bizi bunaltacak ve bizim ellerimizle bozulacak.

Zihnimizde ve ruhumuzda esip duran huzursuzluk rüzgârları, mükemmel bir tekdüzeliği bozma göreviyle yaratıldığımız için hiç dinmeyecek.

En güzel zamanlarda bile daha güzeli olup olmadığını merak edeceğiz, yetinmeyeceğiz, arayacağız, "tekdüzelik" bizim için büyük bir lanet olacak, tabiata hayran olacağız ama parçası olduğumuz o tabiata benzemeyi şiddetle reddedeceğiz.

Tanrı, ruhundaki dengeyi; ahengini tabiata, huzursuzluğunu bize vererek sağladı.

Tabiat, tanrının zanaatkârlığını, insanlar ise onun sanatkârlığını gösteriyor.

Onun için sanat, bütün tabiatta yalnızca bize bağışlanmış bir ayrıcalık.

Sanırım bu yüzden, şu mükemmel ve muhteşem bahar gününde, erguvanların, koruluklarin, denizlerin, sulara değen kuşların, sırma saçaklı güneş ışıklarının ortasında huzursuz bir ruh gezdiriyor, gördüklerimize hayran olmamıza, güzelliğinin tadına varmamıza rağmen hep bir açlık hissediyoruz.

Bize kendi yaratıcılığından ve huzursuzluğundan bir parça verdiği, bizi yeryüzündeki yansımaları haline getirdiği için tanrıya minnettar mı olmalıyız, yoksa bizi ahenginin sessiz ve itaatkâr bir parçası kılmadığı için sitem mi etmeliyiz bilemiyoruz.

Gözlerimiz, tabiatın uyumlu bir parçası.

Görüyor ve hayran oluyoruz.

Ruhumuz, tanrının ruhu.

Gördüğüyle yetinmiyor ve hep yenisini yaratmak istiyoruz.

Her sabah, hayatı yeniden yaratacak bir tanrı gibi uyanıyoruz.

Hayallerle, umutlarla, kuşkularla dolu ama o ahengi hiç yaratamıyoruz.

Ahengi bozmak için yaratıldık biz, hayatımızda ahengi nasıl bulabiliriz.

Tekdüzeliğin mükemmeliyeti yok bizde.

Tabiat, tekdüzeliğiyle muhteşem, biz tekdüzeliğe başkaldırışımızla muhteşemiz.

Işıklar erguvanların rengini sulara taşıyor.

Ne kadar güzel bu ahenkli ayin...

Ve biz, tanrının bu ahenge hayran olan huzursuz ruhuyuz.

Affedememek

Göz alabildiğine uzanan şehirde tek bir ışık bile yanmıyor, dev beyaz bir kaplumbağa gibi başını içine çekip kabuğunun karanlığına kapanmış.

Kar, gökyüzünün derinliklerinden yüklendiği gizli bir ışıkla usulca yağıyor.

Yumuşak kar tanelerinin fısıltısından başka ses yok.

Pencerelerin köşeleri buz tutmuş.

Soğuk, bir kesiğe değen tuz gibi, dokunduğu yeri yakıyor.

Ellerim üşüyor.

Yıllarca evvel bu eve taşındığımda, ıssız apartmanın en üstündeki yalnız çatı katında, pencerelerden giren rüzgârla üşüyen ellerim uyuşur, daktilonun tuşlarına dokundukça parmak uçlarım acırdı. Yazabilmek için eldiven giyerdim.

Tek bir yatağım, bir asker battaniyem, küçük bir radyom ve babamın kömürlüğünden bulup çıkardığım eski bir çalışma masam vardı.

İskemlem olmadığı için, masanın çekmecelerinden birini, dikine yere koyup kendime bir çalışma iskemlesi yapmıştım.

Gençtim ve gelecekten korkuyordum.

Dar yatağımdan kâbuslarla uyanırdım.

Hayatın, beni bırakıp gideceğini, ona yetişemeyeceğimi düşünürdüm.

Kaçacağını sandığım hayatı yakalayabilmek için geceler boyu, daktilo tuşlarının sesiyle çınlayan o yapayalnız boş evde yazı yazardım.

Geyik derisinden, içi kürklü çizmelerim vardı.

Bazen, çocukluk hayallerimi gerçekleştiremeyeceğimden, başarısız olacağımdan o kadar çok korkardım ki, çalışma masasının başında öfkeyle ağlardım.

Korktukça daha çok çalışırdım.

Soğuk, bir zalimin bıçağı gibi yırtıyor zamanı, geçmişe doğru düşüyorum.

Sevmem geçmişi.

Bir daha yaşamak istemem o günleri, o korkuları.

Gençliğin ağır bedelini ödedim ben, bir daha ödemek istemem.

Benimle birlikte bütün şehir geçmişe düşüyor.

Her an bir çağdan bir çağa geçiyoruz sanki.

Benim gençliğimi, babamın gençliğini, dedemin gençliğini geçtik, gerilere, daha gerilere gidiyoruz.

Ağır çini sobaların yandığı, alevli mum ışıklarında kitap okunduğu, bahçelerinde ağaçların ağır uğultularla sarsıldığı köşklerin ahşap kokulu kuytuluklarında dolaşıyoruz.

Suikast planlarının yapıldığı, Beşiktaş karakolunun nezarethanesinden işkence çığlıklarının yükseldiği, Balkan şehirlerinde faili meçhul cinayetlerin işlendiği gecelerdeyiz.

Bu toprakların örtüsünü kaldırdığımda cinayetleri, çığlıkları bulacağımı biliyorum.

Üşüyen ellerimle bir sigara yakıyorum.

Yanı başımdaki mum, ani bir rüzgârla titriyor.

Kendi gençliğime dönüyorum yeniden.

Belki de kendi gençliğimi hiç unutmadığımdan, hep

bir şefkat duyarım gençlere, söyleyemedikleri korkularını bilirim onların, henüz bir umut haline bile dönüşememiş hayallerinin kendilerini nasıl ürküttüğünü, hayatın kalabalığında kaybolmaktan nasıl endişe ettiklerini, en küçük başarısızlığın onların tedirgin ruhlarını nasıl dağladığını, hak ettiklerine inandıkları özeni göremediklerinde nasıl kırıldıklarını, nasıl çocukça bir acelecilikle kendilerini kanıtlamak için uğraştıklarını, "ben ne olacağım" sorusunun içlerinde nasıl çınladığını, ne kadar çabuk umutsuzluğa kapıldıklarını bilirim.

Ve, ilk başarıda yüzlerinin nasıl ışıdığını.

Aşklarını bilirim, acılarını, kırılganlıklarını bilirim.

Yaşadım bunların hepsini.

Şehir, terk edilmiş bir dağ köyü gibi sessiz.

Kimse bir yerden bir yere gidemiyor.

Yollar, buz tutmuş.

Zifiri bir karanlık, duyguların iyice kabarıp yayılabilmesi için evrenin duvarlarını geriye doğru itiyor, içimin büyüdüğünü, genişlediğini, duygularımın kardan harmaniyeler giymiş "muse"ler gibi şehrin üstünde uçtuklarını hissediyorum.

Birçok duygumun, gençliğimin duygularına benzemesi ne tuhaf.

Hep aynı güçle özledim.

Özlemeyi hep iyi bildim.

Kavuşmakta ise hep acemiyim.

Gençliğimin beceriksizliğini kutsal bir emanet gibi taşıyorum.

Bu korkunç karanlık, zamanı Shakespeare'in mezarcısı gibi kazıp bulduklarını bana gösteriyor, neler çıkıyor oradan, bağışlamadığım ama unuttuğum nice ihanet, beni acıyla kavurmuş nice anı, üstü kapanmış nice öfke;

sevdiklerimi bağışlamayı hiç bilmedim ben, ruhuma uğursuz bir dövme gibi dövülmüş gençliğin bencil kibri bağışlamama hiç izin vermedi, hiç affetmedim, hep bağışlamak zorunda kalmayacağım birini aradım, kendim hep bağışlanmayı bekleyerek, bağışlanmak için yalvararak.

Bencildim, hâlâ öyleyim.

Vahşiydim, hâlâ öyleyim.

Cinayetler şehrinin çocuğuyum ben.

Bıçaklara düşkünlüğüm hiç değişmedi.

Arkamdaki pencere, buzdan bir örümceğin ağlarıyla buzlanıyor, karanlığı bile görmekte zorlanıyorum.

Konyak kadehini kaldırıp mum ışığına tutuyorum, camın içindeki kehribar rengi içkiyi seyrediyorum.

Hazreti Musa gibi Tanrı'yla konuşmak isterdim.

"Gençleri affet" derdim ona.

Sonra usulca eklerdim.

"Beni de affet."

"Affedemememi affet benim."

Vahşetim için, ahlaksızlığım için, bir bıçağın kadın tenine değişini görmekten aldığım haz için, ihtiraslarıma kendimi delice bir arzuyla bıraktığım için, günahlardan hoşlandığım için affedilmemi istemezdim.

Affedemememi affetmesini isterdim sadece.

Ve, gençlere iyi davranmasını.

Onların güvenle yaslanacakları bir geçmişleri yoktur, değerlerini kabul ettirecek, bir kanıt isteyen kalabalıklara gösterecek bir kanıtları yoktur, onları parlak bir geleceğe götürecek haritaları yoktur.

Coşkuları, heyecanları, arzuları, endişeleri, korkuları vardır.

Kırılgandırlar.

Çabuk alınırlar.

Şefkatle bakarım onlara.

"Korkmayın" demek isterim, "en korkusuzlarımız bile korkuyordu sizin yaşlarınızda."

Elimde olsa onlara, başarılı insanların hayat hikâyelerini okutmak isterdim, korkularının, endişelerinin, güvensizliklerinin nasıl benzeştiğini görüp biraz içleri rahatlasın diye.

Kar usulca yağıyor.

Ellerim üşüyor.

Gençliğimdeki gibi.

Bütün pencereler teker teker buzlanıyor, karla kaplı damlardan beyaz bir ışık yansıyor buzlara.

Buzdan bir kürenin içindeyim.

Kehribar rengi konyak kadehini ışığa tutuyorum.

Soğuk, zamanı yırtıyor.

Üşüyorum.

Ama sadece soğuktan değil üşümem.

Niye böyle üşüdüğümü Tanrı biliyor.

Bir Sergiden Tablolar...

Kaybolmalı bazen insan.

Kendi tenhalığına çekilmeli.

O ıssız karmaşanın içinde gizlice yeniden çoğalmalı, nadasa bırakılmış bir toprak gibi kendi karanlığında bereketlenmeli.

Sanatın ve hayatın tedirgin patikalarında gezinmeli.

Eski dostlara rastlamalı orada, hiç karşılaşmadığı dostlara, gençliğini bölüştüğü dostlara; alevli bir magma gibi, zamanı yakan tuhaf bir kızıllığın içinde fildişi tuşları parlayan piyanonun sesine eşlik eden seslerini duymalı onların, hıçkırıklarını duymalı, yalnızlıklarını, gülümsemelerini duymalı, ateşi eliyle tutup onu bir elmasa çeviren cehennem büyücüleriyle elleri yanarak yürümeli.

Mussorgski'yi hatırlamalı bir daha.

Çok içerdi.

Çok yalnızdı.

Çıplak Dağda Bir Gece'yi dinlerdim ben.

Zengin bir aristokrat olarak doğmuştu, öyle ölmedi ama...

Ünlü dostları vardı, Borodin iyi ahbabıydı, Rimski-Korsakov'la aynı evi paylaşacak kadar yakındı.

Sonra herkes bırakmıştı onu.

Geceleri kimsesiz odalarda içerdi.

Ressam arkadaşı Viktor Gartman'ın sergisinden çok etkilenince *Bir Sergiden Tablolar* isimli piyano suitini yazmıştı, Ravel daha sonra orkestra düzenlemesini yapmıştı o parçanın.

Kayboldum ben geçenlerde.

Bir resim sergisinde kayboldum.

Mor halkalarla çevrelenmiş gözleriyle deli deli bakan, saçları dağınık Rus besteciye rastladım, kendi kimsesiz patikalarımda, bir de kırmızı yeleği, beyaz gömleği, siyah uzun atkısıyla, yaptığı tabloların yanında duran Mehmet Güreli vardı.

Kırçıllaşmış sakalı, yumuşacık gözleriyle bir ermişe benziyordu.

Eski dostlarım onlar, cehennemden çiçek toplardık birlikte.

Bir piyano bile çalamıyorum.

Ben de Mehmet'in resimleri için bir beste yapmak isterdim.

Bir senfoniye yetecek kadar renk ve anlam var tablolarda, siyahların içinde duran şu şehla gözlü kadın, ben tanırdım o kadını, pencerenin kenarındaki şu yalnız adam, neşeyle uçmaya hazırlanan şu kuşlar, karanlığın içinde bekleşen kargalar, çırılçıplak şu ahlaksız kadın.

Geceleri çok uzun yürürdük biz.

Herkes uyurdu, biz yürürdük.

Adım başı biri katılırdı bize, şarkılarıyla, şiirleriyle, romanlarıyla, hikâyeleriyle gelirlerdi.

Mehmet bazılarının şarkılarına eşlik ederdi.

Ben dinlerdim.

Kaybolurduk ve kaybolmayı severdik.

Ama kimse Mehmet kadar kaybolamaz, kimse Mehmet kadar kendisi olamaz, kimse var olmayı Mehmet kadar küçümseyemezdi.

Mussorgski'nin yalnız öldüğü, Edgar Alan Poe'nun sefalete sürüklendiği, Modigliani'nin bir bilardo masasında can verdiği, Knut Hamsun'un açlık çektiği, Stendhal'in okunmadığı, Chopin'in ülkesinden kaçtığı, Liszt'in manastıra kapanmak zorunda kaldığı bir hayat, ona göre değildi.

Hayatı beğenmez ve yeniden biçimlendirmek isterdi.

Yeniden de biçimlendirdi hayatı.

Çerçeveletip duvarlara astı.

Kaybolmuşlar yüceldi.

Piyano konçertoları dinlerdik.

Rahmaninov'un *Üçüncü Piyano Konçertosu* dostluğumuzun kilit noktalarındandı.

Uzun bir seyahatten döndüğüm bir gece Mehmet aniden bu konçertoyu dinlemek istemişti, gece yarısı Rahmaninov'un konçertosunu bulmuştuk.

Dost olmayı sevmiştik.

Rahmaninov'la ilgili hikâyeler anlatmıştık.

Gençtik ve kaybolmuştuk.

Kaybolduğumuz yerlerden memnunduk.

Mehmet yıllar sonra kaybolmuş her ânı tutup yeniden yaptı, renklere, şekillere büründürdü onları, kayıp zamanların, kayıp insanların tanrısı oldu, yeniden can verdi onlara, renkli kuşlar, yalnız kadınlar, hüzünlü erkeklerden oluşan mutlu bir hayat yarattı.

Duvarlara astı onları.

Bir piyano sesi duyuluyor.

Mussorgski yalnız öldü.

Çok içerdi.

Çok yalnızdı.

Bir arkadaşının sergisi için bir müzik besteledi.

Her tablo için bir başka ses, her tablo için başka anlatım.

Ve sırf benim bildiğim, sırf benim dinlediğim bir başka beste yaptı geçen akşam, benim dostumun tabloları için ve ben duydum onu, dinledim.

Bu müziği başkalarına duyuracak bir yetenekten yoksun olduğum için hayıflandım.

Çıplak kadın için çaldıklarını duymalıydınız, ya o siyahlar içindeki kadın...

Bir sergide kayboldum ben.

Tuhaf patikalardan geçtim, eski dostlarıma rast geldim, müzikler dinledim, kuşların konduğu tellerde zamanın çemberini çevirdim, Mussorgski'yi teselli ettim, Courbet'yi gördüm, "Bonjour Mösyö Courbet" tablosunu yapmıştı hani, sakallı adamın Mehmet'e çok benzediğini söyledi bana, ben de benzettim.

Kırmızı yeleği vardı Mehmet'in, kırçıl sakalları, yumuşak bakışları vardı, hırçın sesli bir ermişe benziyordu.

Kaybolmuşların ermişi.

Onları bir daha yarattı.

Var etti kaybolmuşları.

Mussorgski öldükten sonra *Bir Sergiden Tablolar*'ı Ravel bir daha düzenlemişti, Rimski-Korsakov da *Boris Godunov* operasını elden geçirmişti.

Ben o sergi için bir şeyler yazabilseydim, ben öldükten sonra onları kim yeniden düzenlerdi acaba?

Mehmet herhalde ya da Alev.

Kaybolmayı bilen dostlarım var.

Var olabilmek için kaybolabilmek gerektiğini bilen insanlar.

Çok kaybolduk biz.

Geçenlerde bir sergide kayboldum.

Yalnız kadınlar, hüzünlü erkekler, neşeli kuşlar gördüm.

Sanatın ve hayatın tedirgin patikalarında gezindim.

Mussorgski yalnız öldü.

Başucunda çıplak bir kadın ağlıyor, mavi bir kuş ötüyor şimdi.

Kırmızı yelekli bir adam gülümsüyor.

Ateş, çıplak ellerinde elmasa dönüşüyor onların.

Zamanı yakan tuhaf kızıllığın içinde fildişi tuşları parlayan bir piyano çalıyor.

Ve, defalarca kayboluyoruz.

İğde Kokuları

Gece, damlaları iğdeçiçeği kokan lacivert bir nehir gibi sakin bir vakarla akıyor, kızıl sardunyaların arasından. Mahzun bir genç kız gibi duran limon ağacı, bir türlü çiçeklenemeyen hanımeli, annesinin allığını sürmüş bir kız çocuğuna benzeyen, açtığı zaman bile boyu bir tomurcuğun boyunu geçmeyen minik çiçekleriyle gül fidanı uzun bir uykuya dalmışlar.

İnsanların, seslerin, ışıkların çekildiği bir zamandayız.

Kokular imparatorluğunun bendeleriyiz artık, ruhumuz bir buhurdan gibi tüten kokularla dalgalanıyor.

Ne kadar kalabalık bir yalnızlığa sahibiz.

Ne yana dönsek kendimize çarpıyoruz.

Kendi yıldızlarıyla çoğalan karanlık kainat gibi uzak şimdi dünya, iğde, limon, hanımeli ve gül kokularıyla bezenmiş tehlikeli yalnızlığımızda geçmişimiz de geleceğimiz kadar muğlak ve meçhul gözüküyor.

Hatalarımızı ve pişmanlıklarımız,' çıkarsak bizden geriye ne kalır.

Hayatımıza alevli galaksiler gibi ışıklar içinde giren nice insan, çarptığı yeri kanatan, ateşini kaybetmiş bir taşa dönmedi mi?

İşlediğimiz günahlar değil mi, bizi başkalarının günahkârlığına inandıran?

Kendimizi affetmemizdeki bu korkunç hoşgörü değil mi, başkalarını affetmemizi bu kadar zorlaştıran?

Kendimizle her karşılaştığımızda sevimsiz bir yabancı

görmüş gibi başımızı çeviriyoruz, kendi yüzümüze yerleştireceğimiz bir başka yüz arıyoruz.

"Bu değil benim yüzüm" diyoruz, "bu olmamalı."

Kendimizin çocuğu gibiyiz, her gece kendimize kendimizle ilgili bir masal anlatıyoruz, bir prens oluyoruz, bir prenses, dürüst, içten, cesur oluyoruz, iyiliklerle donanıyor, sevecenliklerle yüceliyoruz.

En çok yalanı en yakınlarımıza söylüyoruz.

Önce kendimize, sonra en sevdiğimize.

İhanetin zamanını biliyorum.

Sizi vuran hançeri, size en yakın olan tutacak, size en yakın olan ona en çok sokulduğunuzda vuracak.

Ve, siz içinizdeki hançeri çıkartıp vurmak için onun size sokulduğu zamanı bekleyeceksiniz.

İhanet hançerini sokmak için, dokunabilecek kadar yakın olmak gerektiğini sezeceksiniz.

Şöyle haykırmayı öğreneceksiniz:

"Yaralanmışlardan korkun."

Yaralanmamış kim var peki?

Ve, yaralanmamış kimse yoksa siz kime sarılacaksınız?

İğde kokularının içine incecik limon çiceği kokuları sızıyor, minicik bir gül var, koyu karanlığın içinde, çiçeksiz bir hanımeli.

Sessiz ve mükemmel gece.

Ve, biri eksik.

Biri her zaman eksik.

Biri, geldiğinde bile eksik.

Öyle eksildik ki yaşarken, bize dokunan herkesi eksiltiyoruz.

Yalnızlığımızla çoğalıp kalabalığımızla eksiliyoruz ve öylesine kalabalık ki yalnızlığımız.

Ne yana dönsek kendimize çarpıyoruz.

Hayat bize hep aynı şeyi öğretiyor, "Mükemmel biri yok."

Ve, en maceraperest olanlarımız, en gözü karalarımız, en çılgınlarımız şöyle diyor:

"Biri var ve ben onu bulacağım."

Ve, o zaman bir ses bize diyor ki:

"Sen mükemmel değilsen başkası niye olsun?"

Ve, o zaman biz diyoruz ki:

"Ben mükemmel olsaydım, mükemmel birini niye arayacaktım?"

Hepimiz kendimizde olmayanı arıyoruz.

Ve, hepimiz ancak kendimizde olanı buluyoruz.

Yaralanıyor ve yaralıyoruz.

Gökyüzü karanlık ve yıldızlar parlıyor.

Ruhumuz karanlık ve iyiliklerimiz mi parlıyor, yoksa geniş bir iyiliğin içinde kristal iğneler gibi parıldayanlar kötülüklerimiz mi?

Sonsuz, sessiz ve geniş bir iyiliğin içine mi yerleştirilmiş kötülüklerimiz, yoksa sonsuz kötülüğün içinde parlayan ışık vahaları mı iyiliklerimiz?

Ve biz bunlardan hangisini isteriz?

İyiliklerimizin parıldamasını mı, yoksa kötülüklerimizin parıldamasını mı?

Niye hepimiz biribirimize benziyoruz?

Nasıl oluyor da bir vakit yaşadıktan sonra insanların ne zaman, ne yapacağını öğreniyoruz, nasıl oluyor da birbirine hiç benzemeyen insanlar bile birbirine benzer şeyler yapıyor?

Başkalarının da bize benzediğini görmekten bir teselli mi bulmalıyız, yoksa başkalarına bu kadar benzemek bizi utandırmalı mı?

Zehirin panzehirini de zehirden yaptıkları gibi acının panzehirini de acıdan mı yapıyorlar?

Canımızı acıtanın canını acıtmak geçiriyor mu acımızı?

Yaralandıkça yaralıyoruz.

Yaraladıkça yaralanıyoruz.

Bu kadar basit mi gerçekten yaşadıklarımız?

Böylesine ufuksuz bir gerçeği gördüğümüzde bütün gerçeği görmüş mü oluyoruz?

Ve, biz bu kadar sığ mıyız?

Peki, ya kendimize ve sevdiklerimize anlattığımız o oymalı masallar, içimizi serinleten o, "ben farklıyım" inancı.

Şöyle mi demeliyiz:

"Ben farklı değilim ve kimse farklı değil."

Acaba onun için mi filmleri ve romanları seviyoruz, bize farklı olanları anlattıkları ve bizi farklı birilerinin de olabileceğine inandırdıkları için mi?

Yeryüzünde dürüst birilerinin de olabileceğine inanıp onu mu aramalıyız, yoksa acının başladığı her yerde dürüstlüğün bittiğini kabul edip dürüstlüğü istemekten vaz mı geçmeliyiz?

Herkes yalan söylüyorsa en dürüstümüz, "Ben yalancıyım" diyenler mi?

Dürüst olduğunu söyleyenlerden mi korkmalıyız, yoksa yalancı olduğunu söyleyenlerden mi?

Kendimizi kimden sakınmalıyız?

Ve, kendimizi sakınmalı mıyız?

Neden dürüst birine, güvenebileceğimiz birine bu kadar ihtiyacımız var, kendimize ve dürüstlüğümüze güvenemediğimiz için mi?

Bizi, dürüstlüğün gerçekten var olduğuna inandırması, bizi de dürüstlüğün güvenilir sularına çekmesi için mi insanlara dürüst olmaları için yalvarıyoruz?

Niye kendimizde olmayanı başkasından istiyoruz?

Kendimizde olmadığı için mi?

Yalandan en çok yalancılar, günahtan en çok günahkârlar, ihanetten en çok hainler mi korkuyor?

Yalanın, günahın ve ihanetin çizgisini ne kadar çabuk ve kolay geçtiğimizi bildiğimizden mi başkalarının da o kadar kolay ve çabuk o çizgileri geçeceğine inanıyoruz?

Günahın ve ihanetin o muhteşem lezzetini tattığımız için mi başkalarının da onu tatmak isteyeceğini düşünüyoruz?

Hiç yalan söylemeyen, belki de başkasının yalan söyleyebileceğini hiç düşünmez.

İhaneti aklından geçirmeyen, başkasının da ihanetinden o kadar kuşkulanmaz.

Bu sorularla ne kadar yalnızız.

Ve ne kadar kalabalık yalnızlığımız.

Herkeste kendimize çarpıyoruz.

Ve, bir ses bize diyor ki:

"Sen mükemmel değilsen, başkasının mükemmel olmasını niye istiyorsun?"

Ve, biz diyoruz ki:

"Ben mükemmel olsam, başkasının mükemmel olmasını niye isteyeyim?"

Kara ipekten bir yorgan gibi üstümü örtüyor, iğde kokuları, limon çiçeklerinin incecik kokusu, kızıllığı karanlığın içinde bile sezilen sardunyalar, minicik saplarının ucunda sessizce duran minicik güller, çiçeklenmemiş bir hanımeli.

Sessiz, sakin ve mükemmel gece.

Kokular imparatorluğunun bendeleriyiz bu saatlerde, ruhumuz kokularla dalgalanıyor.

Ne kadar kalabalık yalnızlığımız.

Hepimiz yaralanmayı biliyoruz.

Yaralamamayı bilen birisini arıyoruz hepimiz.

Generalin Kızı...

Aradan uzun yıllar geçti, birçok olay oldu ama ben hep aynı günü hatırlarım; defalarca yaşanan, o sıradan, sakin günü.

Köşkün açık balkon kapılarından, uzaktaki durgun yaz denizi görünüyor.

Vakit, sabahtan öğleye dönmeye hazırlanıyor, meyve bahçesindeki ağaçların yapraklarında sıcak bir günün taze buğusu, ağaçların kökleri hâlâ gölgeli ve serin, incir kokusu diğer meyvelerin kokularını bastırıyor, sol yandaki geniş bağda sararmaya hazırlanan üzümler, bahçenin girişini, iki yandan birbirlerine kavuşan dallarıyla bir tünele çeviren bodur vişne ağaçları yan yana dizilmişler, köşkün önündeki çiçek tarhında hercaimenekşeler sarı mor menevişleriyle hemen seçiliyor, oymalı demirden uzun ayakları üstünde duran işlemeli camlarıyla havagazı fenerleri, dallarını genişçe açmış atkestanesi.

Ortalık o kadar sessiz ki, arka bahçedeki dut ağacından düşen iri bir dutun yere çarptığında çıkardığı ses duyuluyor.

Salona açılan odaların kapıları kapalı.

Kapılardan biri açılıyor, bana etekleri kendinden rüzgârlı gibi görünen iri kahverengi benekli bej emprimeden elbisesiyle o, mutfağa doğru hızla yürüyor, sinirli bir enerjisi, öfkeli bir telaşı var, öğlen yemeği için hazırlık yapılıyor, dereotu kokuyor mutfak.

Onun her geçişinde ben eteklerindeki rüzgârı hissediyorum.

Köşedeki sedirde, başına örttüğü ipek örtünün iki ucunu koyu nefti elbisesinin omuzlarına bırakmış cicianne her zamanki gibi elindeki Kuran'ı okuyor sessizce, dudaklarının kıpırdadığını görüyorum.

Kuran okuyan yaşlı kadın, generalin karısı.

Salonu telaşla geçen kadın, generalin kızı.

Generalin kızı, benim babaannem.

O zamanlar, benim bugünkü yaşımdan daha genç.

Öldüğü akşam gene o sakin günü ve onun yürüyüşünü hatırladım.

Yanlış bir hayatı yaşıyormuş gibi mutsuz bir hali vardı hep.

Gençliğinde at binmiş, keman çalmış, sanırım okuduğu romanlardakine benzer bir hayatın hayallerini kurmuş ama umduğu hayatı yaşayamamıştı.

Şiirler yazardı.

O gece, onun birkaç saat önce öldüğü odanın biraz ötesindeki salonda toplanıp geçmişten konuştuğumuzda birden, anlattığı hatıraların hep babasıyla ilgili olduğunu, annesinden, kocasından, kardeşinden pek bahsetmemiş olduğunu fark ettim.

Babasına hayrandı.

Generalin kızıydı o, emirberlere, seyislere, uşaklara, ayaklanmalara, çatışmalara, savaşlara alışkındı; Atatürk'ün, evlerine nasıl geldiğini, babasına müstakbel terfiini, "Paşa yeni yıldızını hazırla" diye nasıl haber verdiğini, Çanakkale Savaşı'nda emrindeki topçulara bir tepeye çıkıp nasıl hedef ayarı yaptırdığını anlatmaktan hoşlanırdı.

"Dedem şapka devriminde bir de kadın astırmış galiba babaanne, öyle mi?" sorusuna sinirlenir, "Hadi oradan koca kafa" diye terslenirdi.

Anlattığı hatıralar "paşalarla" doluydu, komşu köşkler bile "filanca paşanın" köşkü olarak anılır, komşular "filanca paşanın refikası, kerimesi, mahdumu" olarak tanıtılırdı.

Prusya eğitimi almış, öfkesi burnunda, sert ve disiplinli babasından sonra bir daha, gençliğindeki fırtınalı ve görkemli hayatı yaşayamamıştı.

Kocası, Galatasaray mezunu bir hukukçuydu, çok yakışıklıydı ve karısından ziyade, kendisini bin bir mihnetle yetiştirmiş olan annesine bağlıydı. Gençliğinde Çamlıca'daki evinden Anadolu'ya adam kaçırıp idama mahkûm olmuştu ama evlendiğinde bir bürokratın durgun hayatını yaşamaya başlamıştı.

Galiba babaannem de gençlik hayallerine sığınmıştı.

İçinde bir oyunculuk vardı.

Bir duygudan bir duyguya çok çabuk geçer, aslında o duygulardan hiçbirini tam hissetmediğini, onları oynadığını, çevresindekileri de önemsiz seyirciler olarak gördüğünü düşündürürdü bana.

Bütün çevresini o yönetir, hayatın her ânını denetlemek ister, itirazla karşılaştığında sertleşirdi, insanların ondan çekindiklerini görmüştüm; o ise sadece, aile içindeki babasına benzeyen dikbaşlı öfkeli erkekler karşısında geriler, birden otoriter halini terk edip, "Ben nereden bileyim evladım" diyerek yaşlı bir kadına dönüşürdü.

Köşk kadınlarının çoğu gibi çevreye karşı çok sert, yalnızca "paşa"ya karşı çok yumuşak ve başı eğikti, "paşanın" dışındakiler önemli insanlar değillerdi, onlara, gerekirse yardım edilir ama onların istekleri, arzuları, duyguları pek kaale alınmazdı.

Sahnenin ortasında daima "paşa" ve onun sevgili kızı dururdu.

Paşa, sahneyi terk ettiğinde geriye yalnızlık, mutsuzluk ve kırık hayaller kalmıştı.

Hiç kahkaha attığını görmemiştim.

Bir şeylerden yakınırdı, eksik bir hayatın getirdiği bir mutsuzluğu, küçük yakınmalarıyla parçalayarak tahammül edilebilir bir hale dönüştürdüğünü düşünmüştüm daha sonraları.

General babanın disiplinli eğitimi ve mutsuz bir kadınlığın acılarıyla namusa çok önem verirdi, kız torunları, "generalin" gölgesini kendi hayatlarındaki baskıyla yaşamışlardı ve yaşlandığı yıllarda birgün, "generalin kızının" bir zamanlar "bir genelevde çalışmış bir fahişe olduğunu" yazan pankartlar siyasi miting meydanlarına asılmış, bu afişler haber olarak gazetelere yazılmıştı.

Oğlunun fikirlerine düşman olanlar intikamlarını artık yaşlanmış olan o kadından almışlardı.

Yaşadığı ülkenin utanç verici gerçeğini belki de ilk kez o zaman fark etmiş, iktidarın parçası bir generalin kızı olmak ile ünlü bir muhalifin annesi olmanın iki ayrı hayat biçimi yarattığını, canı gerçekten yanarak öğrenmişti.

Pek sık yapmadığı bir şeyi yapmış, ağlamıştı.

Sonra ağır ağır yaşlanmıştı.

Şiirlerindeki tutkulu, ihtiraslı mısraların yerini tanrı sevgisi almaya başlamıştı.

Anlattığı hatıralarda general babasının yanı sıra şeyh olan dedesine de yer açmıştı.

Yaşlanıyordu ama ihtiyarlamıyordu.

Seksen beş yaşındayken birgün onun yalnız başına yürüyüşten döndüğünü görmüştüm, gene hayata ve çevresine hâkimdi, sahne belki biraz daralmıştı ama o kendi sahnesinde hâlâ tek başına bir yıldızdı.

Kendi iktidarını yaşlı bir kraliçe gibi korur, hükmedip yönetirdi.

O, kendi hayatının Sarah Bernhardt'ıydı. Hayat, kendi yazdığı bir piyes gibi olmalı, onun istendiği gibi oynanmalıydı, oyunda onun istemediği bir aksaklık olmamalı, başka artistler sahnenin önüne fazla geçmemeliydi.

Zaten kolay kolay da kimse onun olduğu yerde pek öne çıkamazdı.

"Paşa dedeye" benzeyenler ancak bu ayrıcalığa zaman zaman layık görülebilirdi.

Sonra birgün onu zor bela hastaneye yetiştirdik, durumu ciddiydi ama onu götürdüğümüz hastanede yer bulamıyorduk, başka bir yere taşımamız mümkün değildi, uğraş savaş bin bir güçlükle ona, pek de kendine uygun görmediği bir yatak sağlayabilmiştik.

Kendisine gelir gelmez evine dönmek istemişti.

Kendi hayatına, kendi sahnesine, kendi gerçeğine.

Evine getirdik.

Kendi geçmişinin kokusunu taşıyan odasında, kendi yatağına yattı.

Uzun yolculuğuna kendi odasında hazırlandı.

Bir akşamüstü acılı kadın bir sesi, "Annemi kaybettik biraz önce" dedi.

Generalin kızı ölmüştü.

İstendiği gibi yaşanılmamış bir hayat bitmişti.

Koyu yeşil bir mezarlıkta, dedemin yanına bıraktık onu.

O eski köşk yok artık, o meyve bahçesi, ağaçlar, bağ, geniş gölgeli atkestanesi yok.

Her şey geçti.

Tanrı Sürgünde...

Usulca kaybolmaya hazırlanan, bir kenarından kırılmış turuncu mehtabın yeryüzüne serptiği altın tozlarıyla bezenmiş ıhlamurların, güllerin, limonların arasında ateşböceklerinin kızıl çakıntılarla uçuştuğu mavimsi gecede, sabahı yalnız düşüncelerle beklerken dingin bir hüzünle sarmalanırsınız.

Hissedersiniz, tanrı sürgüne gitmiştir.

Ardında büyük bir yalnızlık ve aşılmaz bir boşluk bırakmıştır.

Masalsı görüntüler, yalnızlığı ve boşluğu çoğaltır yalnızca.

Paylaşılamayan her güzelliğin bir acıya dönebileceğini fark edersiniz.

Masalınızı paylaşmak istedikleriniz, tanrıyla birlikte gitmiştir.

Yüzyılın belki de en fazla hakkı yenmiş yazarlarından Lawrence Durrell'ın bir kahramanı, "Tanrının sürüldüğü ve yerine kötülüğün geçtiğini kabul etmeliyiz" der.

Çoğu zaman, insanı dövüşmeye kışkırtan saldırgan ve vahşi kötülükleri, mücadele imkânı bile bırakmayan çaresiz boşluklara tercih edersiniz.

Tanrı gittiğinde ardında kötülükleri değil, paylaşılamayan güzellikleri bırakır asıl.

Güzellikler kederlendirir insanı...

Öyle zamanlar olur ki, bir güzellik görmekten, gümüşlü gecelerden, parlak yapraklı ağaçlardan, geceye sızan çiçek kokularından, şarkılardan korkarsınız.

Değdikleri yeri yakarlar.

Hayat, kezzabını güzelliğin imbiklerinden süzer.

Tanrı gitmiştir.

O gittiğinde hep ona eşlik eden, onunla birlikte giden birileri vardır.

Yalnız gitmez tanrı sürgününe.

Kendi imkânsızlıklarıyla solmuş hayal kırıntıları, her dokunduğu güzellikle biraz daha ağırlaşmış bir geçmiş, cansız bir huzursuzluk, kanatıcı yaz geceleri bırakmıştır ardında.

"Gelecekteki olayların tohumlarını içimizde taşıyoruz. Onlar içimizde kapalı olarak varlar ve kendi doğalarının yasalarına göre açılıyorlar" der Durrell, o kendine özgü bir tılsım taşıyan kitaplarında.

Tanrı sürgüne gittiğinde bir gelecek var mı?

Bir ses, "var" dese de hiç inanmaz içimiz o sese.

Dahası, öyle zamanlarda geleceği değil de daha ziyade geçmişi ister, tanrının sürgüne gitmediği günleri, gördüğü güzellikleri paylaştığı vakitleri, imkânsızlıkların varlığının bile bilinmediği ışıklı sabahları, ıhlamur kokularının insanı eksiltmediği aksine çoğalttığı anları.

Kapalı tohumlar var içimizde.

Onlar kendi doğalarına göre açtıklarında ve tanrı sürgünden döndüğünde elde edeceğimiz, unutmanın ferahlığıyla yeni günlerin başlamasının yarattığı heyecansa, bu unutuş ihtimalini düşünmek bile kalbimizi kırar.

Bu mudur bize bağışlanacak olan?

Unutabilmek midir tek sığınağımız?

Ne acıklıdır, acının sağalmasını unutuşta aramak, geçmişi bütün parlaklığı ve ıstırabıyla ruhumuzdan çıkarıp o solgun unutuluşlar bahçesine bırakmak, geçmişte yaşamak istediklerimizin asla yaşanmayacağını kabullenmek, çaresizliğe boyun eğmek.

Geçmişte patlamış tohumlardan bir gelecek çıkartamadıysak, geleceğin tohumlarından o geleceği nasıl çıkartacağız?

Sürgüne gitmiş tanrımızın yokluğunda çektiğimiz acılardan çıkardığımız derslerle mi, mutsuzluğunu mutluluğundan daha fazla hatırlamak zorunda kalışımızın bizde bıraktığı izlerle mi, yayından bırakılmış bir ok gibi o sonsuz boşluktan bizi kucaklamaya hazır herkese sarılmak arzusuyla fırlayarak mı?

Gülecek miyiz kendi geçmişimize, alaycı tebessümlerle mi anlatacağız yaşadıklarımızı, tanrıya, döndüğü ve unutmamıza izin verdiği için şükür mü edeceğiz?

Bunu beklemek, bunu ummak, bunun için yakarmak, geçmişi tümden gözden çıkarmak, geleceği bir hiçlikten, bir vazgeçişten, bir yenilmişlikten yaratmak değil mi?

Kavafis gibi şöyle mi diyeceğiz:

"Söylemek isterdim o anıyı...

Ama öylesine silindi ki artık... hiçbir şey kalmamış gibi..."

Ah, elbette hepimiz biliyoruz, o günler gelecek, her şey kumsaldaki zavallı izler gibi hayatın dalgalarıyla silinecek, içimizdeki tohumlar açacak.

Yalnız düşüncelere dalmayacağız, ıhlamur kokan gecelerde.

Sarı ışıklı turuncu bir mehtabın uzaklaşıp kayboluşunda başka kayboluşların izini görmeyeceğiz.

Boşluk yeniden seslerle, kokularla dolacak.

"Tanrı sürgünden döndü" diyeceğiz.

Ama kendisiyle götürdüklerini, götürdüğü yerde bırakıp bizim şu anda tanımadıklarımızla dönecek, "Unut çocuğum geçmişi, bak sana bir başka gelecek getirdim" diyecek.

"Götürdüklerini ne yaptın tanrım?" diye sormayacak mıyız, "Onları kimlere yeni bir geleceğin armağanı olarak bağışladın?"

Silinecek mi her şey?

Biz onların silinmesini hiç istemezken?

Birbiri ardına gelen dalgaların üstünde ıskarmozları kırılmış küçük bir sandal gibi mi dolaşacağız?

Tek tesellimiz, dalgaların üstünde kalmak mı olacak?

Rotamızı biz kendimiz çizemeyecek miyiz, gitmek istediğimiz yerlere değil de götürüldüğümüz yerlere mi gideceğiz, içimizdeki tohumların yasası bizim isteklerimize göre değil de hayatın isteklerine göre mi belirlenecek?

Biliyorum, tanrının güçlü eli bu düşünceleri de silecek, hatırlamayacağız bile belki bunları, unutturacak bize unutmak istemediklerimizi, unutmak istemediklerimizi unuttuğumuz için sevineceğiz.

Güzellikleri yeniden paylaşabileceğiz.

Paylaşamamanın, bir güzelliği nasıl derin bir kedere dönüştürebildiğini sileceğiz hafızamızdan.

Altın ıhlamurlar, beyaz limon çiçekleri, katmerli güller yeni bir yüzün sevilen çizgilerini andıracak.

Güzellikleri sevinçle, kötülükleri öfkeyle fark edeceğiz.

Değerli harabeler gibi taşıyacağız geçmişi içimizde, kırık mermer sütunları, çökmüş kubbeleri, yıkılmış taş duvarlarıyla o görkemli kent, içinde dolaştığımız, yaşadığımız, güldüğümüz o büyülü diyar, masal haritalarımızdan silinecek.

"Söylemek isterdim o anıyı" diyeceğiz, "ama öylesine silindi ki artık..."

Sakin yaz gecelerinde, kokularla doğacak sabahı beklerken yalnız düşüncelerle bakmayacaksınız güllerin solgun gölgelerine.

Ama bu mu sürgüne giden tanrıdan istediğimiz?

Neden tanrı sürgünden götürdükleriyle birlikte dönmez hiç?

Yok mudur bir mucizesi?

Dönüşünü kutlayan büyük şölenlere, götürdüklerine sarılarak katılamaz mı?

Bazı geceler, sizi kederlendiren güzelliklerin arasında dingin bir hüzünle sarmalandığınızda bilirsiniz, tanrı sürgüne gitmiştir.

Geniş bir boşluk bırakmıştır size.

Turuncudan kızıla dönen bir mehtap usulca biter.

Ve, beklersiniz gittiği yerden dönsün diye.

Ve, beklersiniz hiç olmazsa bu sefer götürdüklerini de geri getirsin diye.

O yokken hep beklersiniz dönüşünü, güzelliklerden ve unutmaktan korkarak beklersiniz.

Kendini Doğurmak

Bütün bu değişik iklimlerde, değişik coğrafyalarda yaşayan, kayalık tepelere, kızgın çöllere, buzlu steplere, büyük şehirlere, sıkıntılı kasabalara, tozlu köylere yayılmış, binlerce değişik dil konuşan, değişik tanrılara tapan, her birinin peygamberi ayrı, ibadeti başka türlü, bahçelerinde yetişen meyveleri bile farklı bunca insanın arasına dalıp, kötülüğümün şahlandığı birgün onların her birini, tek bir cümleyle, dehşetin cehennemine fırlatıp ruhlarını korkuyla dağlayabilirim.

Şu bir tek cümle yeter buna:

— Gizlediğin her şeyi biliyorum.

Bu cümleyi duyduğunda, bir dağ kartalının pençelerine yakalanmış zavallı bir saka kuşu gibi titremeyecek kimse yoktur, şu koskoca yeryüzünün üstünde.

Gizlediğin her şeyi bildiğine inandığın biriyle karşılaştığında, ondan kurtulabilmek için onun yok olmasını, ölmesini bile isteyebilirsin.

Cinayet bile geçebilir bir an aklından.

Ve, korkunç gerçek şudur.

Gizlediğin her şeyi bilen biri var.

O, sensin.

Seni ölesiye korkutan, geceleri rüyalarında, kâbuslarında ortaya çıkan, bütün sırlarını bilen ve ölmesini dilediğin biri var, ruhunun derinliklerindeki o karanlıkların içinde.

Varlığının özü ve en büyük düşmanın, orada duruyor.

"Ben dürüstüm" dediğinde söylediğin yalanları hatırlayarak sana alaycı bir gülümsemeyle bakan o içindeki karanlık.

"Ben güçlüyüm" dediğinde yalnızlık karşısında nasıl solup canlanmak için insanların peşinde koştuğunu hatırlayarak seni küçümseyen o.

Bir "soylu" olduğuna inanmak istediğinde, sırf seni yeterince istemedikleri için ruhunda yaralar açan ve seni, acıyla anacağın zavallı davranışlara itenleri hatırlayarak seni aşağılayan da o.

Gizlediğin her şeyi bilen biri o.

Ve sen, onu kimseye gösteremeyeceğini, sakat çocuğunu saklayan bir anne gibi onu yabancı gözlerden saklayacağını, ondan kurtulmaya çalışacağını ve ondan kurtulamayacağını biliyorsun.

Kimseye o gizlediklerini söyleyemeyeceksin.

Hiçbir zaman yeterince içten olamayacaksın.

Hep diğer insanlarla aranda bir sır olacak.

Ondan kurtulmak, onu unutmak isteyeceksin.

Yaşanmaya çalışılan aşklar, kendini sevişmenin ihtirasına terk etmek için duyulan arzular, çıkılan yolculuklar, binlerce yıldır yazılan sayfalar dolusu yazılar, güneşle sararmış meyvelerden yapılmış içkiler, bunların hepsi, o karanlığın aşağılayıcı fısıltılarını duymamak için.

İçimizde taşıdığımız o korkunç düşman, sakladığımız her şeyi içine attığımız o gölgeli uçurum, o aşağılayıcı karanlık, işte o bizim ve belki de bütün insanlığın ana rahmi, kendimizi defalarca o karanlıktan doğuruyor, o sırlarla dolu uçurumdan her seferinde bir başka insan olarak tırmanıyor ve her seferinde birisine, bize elini uzatıp kendimizden bir başkası olarak doğmamıza yardım etmesi için yalvarıyoruz.

Aşk nedir, diye soruyorsunuz, aşk budur bence, bir insana, kendimizi kendi karanlığımızdan bir başkası olarak doğurmamıza yardım etmesi için yalvarmaktır.

Edebiyat budur, kendimizi kendi karanlığımızdan bir daha doğurmak için binlerce sayfa yazmak ve her sayfada bir doğum ânının muhteşem acısını ve zevkini hissetmektir.

Sanat budur.

Bilim budur.

İyi olan ne varsa, o ölümcül karanlıktan doğar.

Kendimizi yeniden yeniden doğururuz.

Yeni birinin, içimizden, içimizi parçalayarak çıkışını hissederiz.

Yaşamak, bir başka biri olmaya çalışmaktır.

Söyleyemediğimiz sırlarımızı unutmaya çabalamak ve kendimizi defalarca doğurmaktır.

Kendinden korkmaktır yaşamak.

Kendi karanlığından saklanmak için bir başka karanlık aramaktır.

Kendini sürekli yeniden doğurmak ve her doğuruşta gizlenmesi gereken yeni sırlarla karanlığımızı biraz daha büyütmektir.

Şu korkunç cümleden kaçmak için çırpınmaktır.

— Gizlediğin her şeyi biliyorum.

Yeryüzündeki bütün insanları bu tek cümleyle korkutabilirim.

İnsanoğlu ne sağarsa bu korkudan ve karanlıktan sağar.

Ve, herkesin söylenmeyecek sırları vardır.

Ve, kimse yeterince içten olamaz.

Kimsenin kimseyi tam olarak tanıyamaması, içinde korkunç yalanların, utandırıcı hayallerin, aşağılanmayla lekelenmiş yaşanmışlıkların, kırılmış gururların, sevgiyle büyümüş nefretlerin saklı olduğu karanlığı herkesin herkesten saklamasındandır.

Kendimizden bile saklamaya uğraşırız o karanlığı.

O yüzden kendimizi bile tam olarak tanıyamayız.

Ve, o karanlık, iyilikler kadar kötülükler de yaratır.

Bir memesiyle iyiliği, bir memesiyle kötülüğü emziren canavardır o.

Her sır yeni bir sırrı doğurur, her yalan yeni bir yalanı, her aldatış yeni bir aldatışı, her nefret yeni bir nefreti, en yakınımızı vurmak için içimizde bilenen her bıçak yeni bir bıçağı, her yara yeni bir yarayı...

Bütün bunlardan kurtulmak için kendimizi yeniden yeniden kendi karanlığımızdan doğururuz.

Aşk oradan doğar.

Sanat oradan doğar.

Ve, doğduğumuz yerden yaralarız kendimizi.

Doğduğumuz yerden öldürürüz.

Bütün insanları korkutan cümle şudur:

— Gizlediğin her şeyi biliyorum.

Ve, gerçek şudur...

Gizlediğin her şeyi bilen biri var.

Ve sen onu öldürmeye uğraştıkça o, seni doğuracaktır.

Tek bir cümleyle hep ölüp, hep doğacaksın.

Çünkü, gizlediğin her şeyi bilen biri var.

Ve, o sensin...

İlk Günah ve İlk Yalnızlık...

Hıristiyanların, insanın günahkâr bir soydan geldiği için daha doğarken sahip olduğuna inandıkları "ilk günah" gibi doğuştan içimizde taşıdığımız bir "ilk yalnızlık" var bence.

Ne yaparsanız yapın kurtulamayacağınız "ilk günah" gibi ne yaparsanız yapın kurtulamayacağınız, hayatınız boyunca içinizde taşıyacağınız bir "ilk yalnızlık."

Ruhunuzun bir köşesi bütün insanlığa kapalı, bütün insanlardan uzak.

Ne kadar yaşarsanız yaşayın, ne yaparsanız yapın, ne kadar çok dostunuz olursa olsun, kimsenin içeri kabul edilmeyeceği, kimseyle paylaşılmayacak bir köşe orası.

Orası, hayatın düşmanlarla dolu olduğu, her an bir tehlikeyle karşılaşabileceğimiz varsayımıyla ruhumuza yerleştirilmiş bir gözetleme kulesi, oradan herkesi seyrediyor, gördüklerimizin kayıtlarını tutuyor ve bizim gözcümüzü şaşırtmasın, kandırmasın diye kimseyi oraya sokmuyoruz.

Bu yalnız köşe, ruhumuzdaki vazgeçilmez kuşkunun da bekçisi.

Her şeyden ve herkesten kuşkulanıyor.

O yalnızlık içimizde olduğu sürece herkesten kuşkulanacağız, o kuşku içimizde olduğu sürece hep içimizde bir yerde mutlak bir yalnızlık olacak.

O yalnız köşe, o doğarken içimize yerleştirilmiş "ilk yalnızlık" hayatımızın en büyük ikilemlerinden birini, insan olmanın huzursuzluğunu, hattâ zaman zaman çaresizliğini de hayatımıza sokuyor.

Bir yandan, o mutlak yalnızlık, bütün yalnızlar gibi yalnızlığından kurtulmak istiyor, bir yandan da tamamen korunmasız kalacağından korkan ruhumuz, o köşenin başkalarına açılmasını engelliyor.

Bitmez tükenmez bir çekişme yaşıyoruz, daha doğduğumuz andan itibaren.

Hem bizi o yalnız köşeden kurtaracak, varlığımızdaki yalnızlığı silecek birini arıyoruz hem de o köşeye en çok yaklaşandan, oraya girmesi en muhtemel olandan, bizi fethedip tümden korunmasız bırakacak diye kuşkulanıp onu, farkına varmadan kimi zaman zihnimizde bir düşmana çeviriyoruz.

Farkına varmadan bir yanımız âşık olacağı, bütünleşeceği, kendisini içindeki o "ilk yalnızlıktan" kurtaracak birini ararken, başka bir yanımız bizi böyle bir "tehlikeye" karşı bizi uyarıyor.

Âşık olduğumuzda, neredeyse tümü kuşkudan kaynaklanan kıskançlıklarla, öfkelerle, intikam istekleriyle, bütün varlığımızı, hayatımızı, ruhumuzu, bedenimizi sevdiğimize bağışlama arzusunun bir arada ve böylesine kuvvetli bir şekilde ortaya çıkması, belki de bizi bir çılgına çeviren.

Teslim olmak, yalnızlığından kurtulmak isteyen yanımızla, kendini korumak, gözetlemek isteyen yanımızın, diğer bütün duygularımızı etkilemek için ruhumuzda verdiği korkunç bir savaş bu.

Âşık olduğumuzda, bir başka insanı, onunla tümüyle kaynaşmak isteyecek kadar sevdiğimizde, ruhumuz, zaferleri, yenilgileri, casusları, istihbaratları, çatışmaları, ölüleri, kahramanlarıyla büyük bir savaş alanına dönüşüyor.

Âşık olduğumuz insanın yalnızca tezahürlerini görebildiği ama asla esas kaynağını ve nedenini keşfedemediği büyük karmaşa çıkıyor ortaya.

En güçlü aşk cümlelerini fısıldarken neden aniden huzursuzlanıp huysuzlaştığımızı, gelecekle ilgili hayaller kurarken birden neden kıskançlık krizleri geçirdiğimizi, neden böyle dengesiz davrandığımızı, sevdiğimiz insan belki de hiçbir zaman anlayamıyor.

Üstelik, aynı savaşı o da kendi içinde yaşadığından, bizden ziyade kendisiyle uğraşmak zorunda kalıyor.

Bütün duyguların ayaklanıp "ilk yalnızlığın" baskısından kurtulmak için isyan ettiği, bu uğurda çarpışmalara girdiği zamanlarda, içimizdeki dokunulmaz "yalnızlık", daha sonra kullanacağı, kendisini haklı göstereceği duyguları, bilgileri, gözlemleri telaşla biriktirmeye koyuluyor.

Sevdiğimizin sesindeki bir anlık duraksama, bir dil sürçmesi, başka yana kayan bir bakış, önemsiz minicik bir yalan, bütün bunlar, uğursuz bir sismograf tarafından kaydediliyor, küçük kırgınlıklar, kuşkular, kızgınlıklar orada birikiyor.

O "ilk yalnızlık", teslim olmak isteyen yanımızı, içinde biriktirdiği duyguları keskin bir bıçağa çevirerek yaralamaya, kanatmaya, zayıflatmaya başlıyor.

Sana en yakın olanın sana en büyük düşman olduğuna seni inandırmak için uğraşıyor.

Çoğunlukla bunu başarıyor.

O, seni, sana yaklaşan herkesten korumak isteyen muhafızın.

Seni, sana rağmen savunan efendin.

Seni koruyor ve seni diğerlerinden koparıp ayırıyor.

Huzursuzluğunun dinmesine izin vermiyor, huzur, teslimiyetin başlangıcı ona göre, ancak etrafta bir tehlike olmadığında, kimse "ilk yalnızlığını" tehdit etmediğinde huzura kavuşabilirsin.

Ve o huzura kavuştuğunda ancak, içindeki "yalnızlık", o yalnızlıktan kurtulmak için kendi huzursuzluğunu yaratıp bunu yaşamana izin verebilir.

En âşık olduğumuzda huzursuzlanmamız, en huzurlu olduğumuzda anlaşılmaz bir şekilde sıkıntılarla sarsılmamız, gerçek bütünleşmeyi bir türlü başaramamamızdan.

Herkes, kendi ruhunun derinliğine göre değişik acılarla ve sarsılmalarla yaşıyor bu trajediyi.

Hıristiyanların "ilk günah"tan kurtulamamaları gibi biz de bu "ilk yalnızlık"tan kurtulamıyoruz.

Ne kadar teslim olmak istesek de teslim olamıyoruz.

En çok sevdiğimizi, en çok kaynaştığımızı bile neredeyse düşmanca bir dikkatle gözetleyen bir yanımız hep varlığını sürdürüyor.

Belki de o şüpheci yalnızlığımızı tatmin edebilmek, onu yatıştırabilmek, haklı gerekçelerle susturabilmek için sevdiğimizden, sözler, garantiler, vaatler istiyoruz.

"Benim ol" diyoruz.

Tam bilemesek de, onun içinde de bize teslim olmayacak, bizi gözetleyecek, bizden uzak bir "yalnızlık" olduğunu, o "yalnızlığın" onu bizden uzaklaştıracağını, bize teslim olmasını engelleyeceğini, olmadık bir anda bizi terk etmeye onu zorlayacağını seziyoruz, biz sezmesek bile bizim "yalnızlığımız", onun da içinde bir yalnızlık olduğuna dair bizi uyarıyor.

O "dokunulmaz" ve mutlak yalnızlık yüzünden yalnızlıktan kurtulamıyoruz.

Teslim olmaya en yakın olduğumuzda, en çok sevdiğimizde, yaşıyoruz en büyük kuşkuyu.

Sevdiğimize düşman bir yan var içimizde.

Bizi bırakmayan bir yan.

Bizi gece yarıları uykularımızdan uyandırıp sevdiğimizin söylediği bir sözü fısıldayan, o sözü çeşitli biçimlerde yorumlayan, kuşkularımızı ayaklandıran, sevgiyle yattığımız bir uykudan neredeyse nefretle ve düşmanca kalkmamıza yol açan bir yan.

Herhalde bazen kendimiz bile şaşıyoruz kendi gelgitlerimize.

Sevgi sözcükleri söylemeye hazırlanırken birden neden öfkeli cümleler sarf ettiğimize.

O "ilk yalnızlık" birgün kuşkularından, düşmanlıklarından, savunmalarından vazgeçer mi, birgün bir başka insana güven duyar mı, usul bir uykuya dalıp bizi rahat bırakır mı, bir başka insanla ruhen ve bedenen mutlak bir bütünleşme sağlamamıza izin verir mi?

Bunu bilmiyorum.

Karşılıklı olarak birbirimizin ilk yalnızlıklarını, her değişte ellerimizin kanamasına, içimizin acımasına aldırmadan uzun uzun okşamamız gerekir belki.

Vahşi bir atı terbiye eder gibi...

Bu kadar sabırlı, bu kadar bilge, bu kadar fedakâr, bu kadar hoşgörülü, bu kadar arzulu olabilir miyiz?

Bir başka insanı, tanrıyı bile "ilk günahı" affetmeye, bizi soyumuzun lanetinden kurtarmaya, çevremizdekileri ilk günahla lekelenmiş düşmanlar yerine, günahtan arınabilecek faniler olarak görmemize yardım etmeye, içimizdeki "ilk yalnızlığın" korkularını ve kuşkularını yatıştırmaya razı edecek kadar çok sevdiğimizde belki...

Ama şu soruyu kim soracak:

— İlk günahla ve ilk yalnızlıkla yaralanmış bu insanlar bu kadar sevebilir mi?

Durdum ve Bekledim

Gece yarısı, ormanın ortasında kamyoneti durdurup bütün ışıklarını söndürdükten sonra indim.

Saf, katışıksız, lekesiz, dokunulmamış karanlığı görmek istiyordum.

Simsiyahtı.

Bir yaz ormanı, yüzlerce yıldan beri alıştığı bir geceyi kendi sesleriyle yaşıyordu, birbirine dokunan yapraklarla dalların hışırtıları, tuhaf böceklerin kesik kesik, ince cayırdamaları, gece kuşlarının arada duyulan ötüşleri, toprağın bir sese dönüşen derin sessizliği.

O karanlığın bir parçası olana kadar durdum.

Sonra başımı gökyüzüne kaldırdım.

Böylesine terk edilmiş ve böylesine kalabalık bir gökyüzü görmemiştim.

Onun sonsuza açıldığını hissedebiliyordum.

Her biri bir başka dünya olan milyonlarca yıldız, gümüşi çakıntılarıyla biraz sonra bana doğru koşmaya hazırlanır gibiydiler.

O kadar çoktular ki, bakana bir hiçliği hatırlatıyorlardı.

Yolda telefon çalmıştı.

"Bir kaza" olmuştu.

Gazetenin önünde bir otobüs çarpmıştı.

Önemli bir kazaya benzemiyordu.

Ama sezgilerim, önemsiz bir kazayı bana haber vermeyeceklerini söylüyordu.

İkinci telefon, durumun "ciddi hattâ ümitsiz" olduğunu söylüyordu.

Üçüncü telefon tek kelimelikti.

"Öldü."

İçim kasılmıştı.

Bedenim, bir zaman sonra kendisinin de parçası olacağı sonsuz bir gerçeği duygularımdan önce kavramıştı.

Olay, duygularla aklın hemen kavrayamayacağı kadar tuhaftı.

Gazete binasından çıkmış ve ölmüştü.

Kazanın akıl almaz basitliği, ölümün korkunç yüzünü daha fazla ortaya çıkartıyor, ölümün hep bizimle birlikte yaşadığını hepimize hatırlatıyordu.

Her zaman orada olmasına alıştığınız biri, artık orada değildi.

Daha sonra onunla ilgili yazıları, anıları okuyacaktım.

Hepimiz, başkalarını kendi aynasına yansıdığı kadar görüyordu.

Bir insanı, ancak bize değdiği yerinden tutabiliyorduk.

Bizim aynamıza yansımayan, bize değmeyen yerlerini bilmiyorduk.

Ölüm, bir denizin dibindeki kumlara daldırılan demirden dev bir kepçe gibi duygularımı karmakarışık bir biçimde yerinden kımıldatmıştı.

Anılar, gülümsemeler, kızgınlıklar, acımalar, öfkeler etrafa saçılmış, bir kederin içinde yeniden birbirine girmişti.

Sinemaya yalnız başına gidermiş!

O kadar çok arkadaşı olan biri neden sinemaya yalnız gider?

Yalnız olmak istediğinde bile etrafında ona dokunmayan birileri bulunsun diye mi, karanlığın içinde yapayalnız kalabilmek için mi, seyrettiklerini paylaşabileceği kimse olmadığına inandığından mı, hayattan kaçmak istediğinde sığınabilecek tek yer olarak, ışıkları söndürülmüş bir sinema salonunu bulabildiğinden mi?

Neden bir insan sinemaya yalnız gider?

Belki de hiç akla gelmeyecek basit ve sıradan bir nedeni vardı.

Ama, trajedisini sıradanlığa borçlu bir ölümle bu dünyadan ayrılan ve herkesin, "neşesi, kibarlığı, şakalarıyla" andığı bu adamın geçmişinde öyle trajediler vardı ki hayatındaki her harekete insan kaçınılmaz olarak onun neredeyse trajik bir neden arıyordu.

İki çocuğunu birden aynı günde kaybetmişti.

Gündelik hayatın içinde karşılaştığınız gülümseyen yüzünde bu trajedinin izlerini görmüyordunuz.

Nerede taşıyordu o izleri?

Birçok insana dostluğu, iyiliği dokunduğu halde insanlara karşı her zaman sevgi dolu olduğu söylenemezdi; üzdüğü, hayatını zorlaştırdığı, haksızlık ettiği insanlar vardı, bir gazete patronu olmanın kaçınılmaz lekelerini ruhunda taşırdı ama çocukları severdi.

Onun yönettiği dergiler, bir çocuk cenneti olarak anılırdı.

Çocukların her hareketini, yaramazlığını hoşgörülü bir gülümsemeyle karşılar, büyüklere her zaman göstermediği sevecenliği çocuklara sınırsız bir cömertlikle armağan ederdi.

Çocukları ölmüştü.

Ve, sinemaya yalnız giderdi.

Işıksız salonlarda tek başına otururdu.

Acılarını göstermez ve işlediği günahların bedelinin bu acıyla ödenmesini umar gibi hep anlayışla karşılanmayı beklerdi.

Teselli kabul etmez yoğun bir acıyı sonsuz bir gülümsemeye çevirirken sanki bütün sınırları yıkıp geçmek zorunda kalmıştı.

Onu benden daha iyi tanıyanlar, ondan dümdüz ve eğlenceli bir ovadan söz eder gibi söz ediyorlar.

Her gün tekrarlanan tavla partileri, bildik takılmalar, dergi toplantıları, daha iyi haber talepleri, yeni dergi projeleri, çevresine topladığı genç gazeteciler, şakalar...

Düz bir ova gibi mi yaşamıştı gerçekten?

Her an herkese her yanını gösterir gibi açık bir gülümsemeyle karıştığı hayatın içinden hiçbir gizlisi olmayan bir ova gibi mi geçmişti?

Acılarını nerede saklamıştı?

Öfkelerini?

Bir gazete yöneticisi olmanın getirdiği karmakarışık ilişkilerin, kalabalıklara yansımamış konuşmaların, bir haber için feda edilen dostlukların izleri nerede gizliydi?

Yaşadığı büyük sarsıntıların yarattığı kraterler neredeydi, o kraterler hangi yağmurların sularıyla dolmuştu?

Niye insanlar ona sinema kapılarında yapayalnız bilet alırken rastlamışlardı?

Ben onun sesinin uysallığını hatırlıyorum.

Bir de o uysal sese eşlik eden biraz mahcup gülümsemesini.

Karşısındaki sertleştiğinde bile neden uysaldı sesi, artık hiçbir şeye aldırmıyor muydu, sertleşmeye gerek duymayacak kadar anlamsız mı buluyordu her şeyi, kendi haksızlıklarını kabul edecek bir olgunluğa mı erişmişti, sözlerin asla açamayacağı kadar derin yaraları olduğundan mı keskin seslere uysal gülümsemelerle karşılık veriyordu?

Hakşinaslıklarını da görmüştüm, haksızlıklarını da...

Telefonda tek kelime duymuştum.

— Öldü!

İçim kasılmıştı.

Sonra bütün duyguları kucaklayan, saran bir keder.

O, ölüm haberlerini nasıl karşılıyordu acaba, diye düşünmüştüm.

Ölümlerin en korkuncunu ölmeden önce yaşamıştı.

Ölümden değil, yaşlanmaktan, elden ayaktan düşmekten korktuğunu anlatmıştı dostları.

Ölümden o kadar da korkmuyordu herhalde.

İyilikleri ve kötülükleri, hakşinaslıkları ve haksızlıkları, yardım ettikleri ve hayatını zorlaştırdıkları vardı.

Sanki bütün gücüyle derinlerini saklamaya, hattâ belki de yok etmeye uğraşmıştı.

Büyük bir acıyı görmüş, sarsılmış, bir uçuruma düşmemek için sıradanlığın dallarına tutunmuş, her haksızlığın bağışlanmasını farkına varmadan beklemişti.

Sinemaya yalnız giderdi.

Şimdi ölüm, bir kumsaldaki ayak izlerini siler gibi hayata ait inişli çıkışlı duyguları siliyor, onun uysal sesi, yumuşak gülümsemesi ve kekremsi bir keder kalıyor.

Bir gece yarısı, bir yaz ormanının ortasında durdum.

Dokunulmamış, saf ve lekesiz karanlığa baktım.

Ercan'ın yapayalnız girdiği o sonsuz sinemanın karanlığını görmek, bir an olsun o karanlığı onunla paylaşmak ve onun o uysal sesiyle ona, "Geçti artık, hepsi geçti" demek için bekledim.

Yıldızlar, üstüme koşacak gibi duruyorlardı.

Ve alışkın olduğu o karanlıkta sesimi duymasını diledim.

Edebiyat Dizimiz

- *Kül ve Yel* / Müge İplikçi (roman)
- *Oyun* / Antonia S. Byatt (roman)
- *Rüzgârdan ve Ateşten* / Giorgio Pressburger (roman)
- *Ateş ve Kuğu* / Burhan Günel (roman)
- *Birinin Ölümü* / Jules Romains (roman)
- *Geyikler, Annem ve Almanya* / Nursel Duruel (öykü)
- *Kopya Kadınlar* / Deniz Spatar (öykü)
- *Üsküdar'a Gidelim* / Necati Güngör (öykü)
- *Mesut İnsanlar Fotoğrafhanesi* / Z. Osman Saba (öykü)
- *İpek Pijamalı Katiller* / Muzaffer Buyrukçu (öykü)
- *Defter ve Çikolata* / Seyit Göktepe (öykü)
- *Gümüş Gece* / Nalan Barbarosoğlu (öykü)
- *Sessizlik ve Sırdır Ötesi* / Işıl Özgentürk (anlatı)
- *Kurutulmuş Felsefe Bahçesi* / Salâh Birsel (deneme)
- *Atım Kaçtı Ben Vuruldum* / Tarık Dursun K. (deneme)
- *Yazar Bir Tanıktır* / Oktay Akbal (deneme)
- *Zıvanasız Denemeler* / Yusuf Eradam (deneme)
- *Konuşanlar, Bir Hüzünle Sesinde* / Z.O. Saba (deneme)
- *Paf ve Puf* / Salâh Birsel (deneme)